La protegida del Lord

Camila Winter

saga herederas 1

La protegida del lord

Herederas, Volume 2

Camila Winter

Published by Camila Winter, 2022.

LA PROTEGIDA DEL LORD

First edition. January 9, 2022.

ISBN: 979-8224400164

Written by Camila Winter.

La protegida del lord (saga herederas 1)

La protegida del Lord
Camila Winter

En cuanto supo que sería tutor de la señorita Agnes Rostchild, hija de un millonario, comprendió que sus problemas recién acababan de comenzar y más aún cuando leyó la conmovedora carta del padre de la joven antes de morir de una penosa enfermedad en la cual le decía que era demasiado confiable, sensible y atolondrada para no terminar arruinando su reputación en la primera oportunidad.

Por eso le rogaba encarecidamente que cuidara de esa joven y le encontrara un marido rápido, muy rápido porque con diecinueve años ya era tiempo de que sentara cabeza y se dejara de tantos remilgos.

Había desperdiciado muchas oportunidades y desairado a los pretendientes más adecuados por sus tonterías y torpezas o sin razones aparentes y ahora era una rica heredera que necesitaba que alguien cuidara de ella y no fuera víctima de algún cazafortunas.

Eso le había encomendado el señor Edmund Rostchild en la carta y ahora además de lidiar con la herencia de su familia le había llegado por abogado ese otro regalito.

—Por supuesto que será compensado lord Hastings por cuidar de la señorita Rostchild. Su padre ha dejado dispuesto un interesante legado que sabrá apreciar...

El conde leyó el testamento y la disposición en la que lo nombraban tutor, pero había un error. Decía el actual conde de Hastings y luego el nombre Oswald Hastings. Aunque aclaraba que en ausencia del padre su hijo podía aceptar el legado.

Cuando leyó eso dejó escapar una exclamación de rabia y estupor que se oyó como un "¿eh?"

—Pero hombre, llega usted a mi mansión con este regalo... me ha dejado sin palabras. Un legado, una carta desesperada y la frase de que debo aceptar... pero hay un error en los nombres, soy Perceval

Oswald Harper, conde de Hastings y aquí solo dice Oswald... parece ser que pensó en mi padre —declaró el conde pensando que tal vez podría escapar de la peregrina idea de cuidar de una niña casadera hasta encontrarle un esposo.

Los abogados se miraron sin ocultar su desconcierto.

—Oh quizás se confundió con el nombre, es normal... nuestro cliente estaba casi agonizando cuando ordenó redactar esa carta, lord Hastings. Sufría una enfermedad al corazón y no le quedaba mucho tiempo de vida. Es lógico que se equivocara o que recordara mal su nombre.

El conde se quedó perplejo. No le hacía ninguna gracia aceptar ese legado por más miles de libras que recibiera a cambio.

—Lo siento, pero no sabía que Edmund Rostchild tuviera una hija, pensé que su hijo Alexander era su heredero a él si lo conocí hace años en Londres—dijo entonces mirando a los albaceas con extrañeza como si esperara que eso también fuera un error.

—OH sí, por supuesto, Alexander Rostchild, hijo de su primer matrimonio falleció en un viaje en un transatlántico hace años. Una horrible tragedia para él, pero también tenía una hija en Francia de su segundo matrimonio la señorita Agnes y luego de la tragedia la envió buscar a París para poder pasar más tiempo con ella. Ahora esta jovencita será su heredera y necesita desesperadamente un tutor pues es soltera y su fortuna inmensa es una peligrosa tentación. No tendría idea de qué hacer con tanto dinero, son muchas propiedades, negocios. Su padre tenía pronta una boda para ella, pero una boda muy ventajosa y la joven rechazó a tan regio candidato y luego no se habló más del asunto. Edmund Rostchild quedó muy disgustado por eso. El joven era el candidato ideal.

—¿De veras? ¿Y por qué rechazó a tan regio pretendiente la señorita?

—No lo sé, supongo que fue... un berrinche. Hoy día las jovencitas sueñan con bodas románticas y no escuchan consejo alguno. Ay lord

Hastings, están de moda las bodas por amor, aunque por ello disgusten a la familia entera.

Lord Hastings asintió, pero se mostró algo desconfiado al respecto. Temeroso y bastante abrumado por momentos. Si el gran Edmund Rostchild, un millonario de personalidad avasallante, lleno de energía y carisma, pero una férrea voluntad no había podido casar a su hija con el mejor pretendiente de Inglaterra que tenía dinero y títulos ¿qué podría hacer él que ni siquiera conocía a la jovencita?

Tragó saliva deseando encontrar algo para escaparse de semejante responsabilidad.

Su padre había tenido mucha amistad con Edmund Rostchild en el pasado, se escribían a veces y compartían la afición de coleccionar antiguos libros sobre religión y otros libros raros. Pero hacía tiempo que no se veían. Luego su padre murió, pero el millonario no asistió a su entierro, tal vez ni siquiera se enteró.

El abogado calló de repente. Como si hubiera hablado de más y estuviera arrepentido pero el conde lo notó muy tenso y nervioso.

—Por favor, le ruego que considere esta petición. La pobrecita no tiene a nadie más. Es decir, tiene parientes en Francia, pero son una manga de vividores sinvergüenzas, lores sin oficio ni fortuna que querrán despojarla de todo, y también tiene dos tías alemanas muy viejas las pobres... no puede cuidar de una niña de una edad tan difícil como la señorita Agnes.

Una niña en edad difícil, mimada, consentida y caprichosa, rayos, era lo que faltaba...

Los ojos azules del lord estudiaron con detenimiento el documento que tenía ante sí y miró a los abogados que seguían diciendo que la pobre niña no tenía a nadie más. Que se había quedado sola en el mundo, pero con el peso de una inmensa fortuna y eso era una situación muy difícil para una jovencita que podía ser raptada o forzada a una boda o sufrir toda clase de maldades e iniquidades si no tenía quién la cuidara ahora y velara por su bienestar.

—¿Qué pasó con la madre de la señorita? No la mencionaron en ningún momento, supongo que está en Francia.

El doctor Robert Norton tosió incómodo.

—Murió hace años según sabemos y aunque la criaron unas tías francesas que al parecer fueron muy buenas con ella, el señor Rostchild no se fiaba de ellas. De ninguno de sus parientes en realidad.

–¿Y tampoco tiene hermanos, primos, tíos? ¿Nadie que pueda encargarse de ella? —preguntó el conde desesperado.

—Bueno, hay unas tías en Londres, pero son muy viejas para cuidar de la pobrecita, pero rechazaron hacerlo de plano. El señor Rostchild llevaba tiempo buscando un tutor para su hija, puesto que no pudo convencerla de tener un esposo ... pero no se fiaba de sus socios ni amigos, de nadie en realidad. él tenía parientes en Berlín, sobrinos que vivían en Londres, pero hubo ciertas desavenencias cuando los llevó a trabajar para él y descubrió que le habían robado... un asunto delicado y desagradable.

—Sí, por supuesto lo imagino. Entonces el hombre más rico de Europa no tenía a nadie a quién dejarle el cuidado de su hija entonces se acordó de su viejo amigo olvidando que este había muerto, pero... Creo que habrá problemas con esto. No puedo aceptar este legado ni la responsabilidad de ser el tutor de la hija de Rostchild—dijo el lord.

—Oh no diga eso por favor. ¿Quién cuidará de la niña? Al menos puede pensarlo unos días. Se lo ruego lord Hastings. Pobrecita. Si usted la conociera. Es un ángel. Tan inocente y hermosa. Tan educada y dócil. Seguramente no tendrá ningún problema en encontrarle un marido adecuado. Ella sabe que debe casarse, hemos hablado con ella y la hemos preparado para esto.

—Aguarden... ¿Debo cuidar de una jovencita dueña de una herencia millonaria y encontrarle un esposo a la brevedad? Eso parece imposible puesto que ni su padre pudo convencerla de casarse. ¿Por qué me haría caso a mí?

El joven conde se hizo una idea de cómo sería la heredera y fue lo más parecido a una pesadilla.

Los albaceas se miraron.

—Ella ha perdido a su padre sir Hastings, está desolada y arrepentida de no haberle escuchado, me temo. Se ha quedado sola y sin nadie y sabe que debe casarse, sabe bien que ése es su trabajo y lo ha aceptado. Dijo que se casaría. Por supuesto que deberá ser paciente pues su luto es reciente y en estos momentos nadie puede pensar en bodas, pero...

De pronto apareció un joven en escena, de cabello ondeado y algo largo como si fuera un artista bohemio y con grandes ojos oscuros y cejas gruesas. Parecía un muchacho, pero su porte era el de un joven señor.

Fue lord Hastings quién hizo las presentaciones.

—Doctor Norton y doctor Andrews, les presento a mi primo sir Stephen Chapman es abogado y se encuentra aquí de visita. Lo he llamado porque quisiera que estudiara estos documentos ahora. Espero que no les incomode.

Ambos se miraron y se pusieron colorados como si aquello fuera incómodo y bastante inesperado.

—Oh por supuesto, lord Hastings. Es bueno que estudie usted el testamento para tener otra opinión. —dijo el doctor Norton que era el más parlanchín de los dos, el otro simplemente asentía o emitía algún suspiro de vez en cuando.

Stephen Chapman saludó a ambos y supo por su primo del legado de Edmund Rostchild y poco después se sentó para leer los documentos con detenimiento. Ya no parecía un caballero bohemio salido de una tertulia londinense, ahora era un joven abogado que quería saber qué era esa historia del testamento del millonario Rostchild, a quien solo había visto una vez y conocía de nombre por ser uno de los hombres más ricos del país y de Europa.

De su visto bueno dependían muchas cosas y el conde esperaba que le dijera que no era aconsejable. Casi rezaba para que su primo tuviera la sensatez de ver algo malo en todo ese asunto y le aconsejara que no aceptara tal arreglo.

Los albaceas parecían incómodos y nerviosos pues no esperaban que un caballero versado en leyes, un abogado recibido con honores en Cambridge estudiara el testamento con tanto interés.

Y muy pronto el joven abogado tuvo dudas. Pero siguió leyendo y luego de un rato miró al doctor Norton quien parecía llevar la voz cantante allí.

—Doctor Norton, este testamento tiene algunas fallas. Para empezar, está dirigida al padre de mi primo, el honorable conde de Hastings fallecido hace cinco años. No está dirigido a mi primo, su nombre no es Oswald Winston sino Perceval Winston Hastings, conde de Harper. Esta irregularidad hace imposible que este testamento pueda ejecutarse.

El doctor Robert Norton se puso pálido. Era un hombre viejo y se decía ser una eminencia en leyes, era el abogado personal del señor Rostchild y empezó a contar que el testamento fue elaborado con prisas.

—Fui llamado a reunirme con mi excelentísimo señor Rostchild, a quien aconsejé sobre varios negocios y también le hice dos testamentos en el pasado. Pero su última voluntad había cambiado.

—¿Entonces hay testamentos anteriores? —preguntó sir Chapman con interés.

El abogado sudaba profusamente a esa altura y con discreción sacó un pañuelo de su chaqueta.

—Así es, pero los mismos fueron dejados sin efecto —respondió el doctor Andrews.

—¿Por qué razón? —quiso saber el joven abogado.

—Porque su primogénito llamado Alexander Rostchild murió, doctor Chapman y él era en su origen su heredero, aunque también dejaba una importante herencia para su hija. Sin embargo, debió modificar el testamento, pero como su herencia fue incrementándose tomó más previsiones sobre eso—replicó el doctor Norton.

—Comprendo... ¿y por qué decidió cambiar el testamento a último momento el señor Rostchild?

—Bueno, él pensaba dejar a su hija a cuidado de sus tías, pero estas se negaron, luego él compró unas tierras y debía incluirlas en la lista.

—¿Pero siempre fue la señorita Agnes, su única hija su heredera? No menciona a otros herederos, solo deja algunos legados para distintas personas, amigos, criados fieles.

El futuro tutor estaba cada vez más asustado de la fierecilla que pretendían dejar a su cuidado y sus ojos azules se abrieron mientras asentía en silencio.

Pero el joven notario sonrió sintiendo simpatía y pena por la niña casadera que había quedado huérfana y no tenía quién cuidara de ella y nadie parecía interesado, y sospechó que su primo menos que nadie a juzgar por su torvo semblante.

—Así es, sir Chapman. Quería solucionar algunos negocios y además... Nosotros le aconsejamos que buscara un tutor, él no quería, pero luego comprendió que su hija tenía diecinueve años y que heredaría demasiado dinero. No era prudente que la jovencita lo recibiera todo sin estar casada o sin tener la edad suficiente para poder tener más madurez.

—Es muy joven y dice que no está madura para el matrimonio. Pero ha heredado millones, eso es peligroso doctor Norton—dijo sir Chapman y miró a su primo.

—Lo es, joven doctor, ha dicho una gran verdad. No podemos cuidar de ella, como albaceas cuidaremos sus intereses y también haremos cumplir la última voluntad del señor Rostchild.

—Comprendo, doctor Norton, pero creo que antes debieron avisarle a mi primo de sus planes. El señor Rostchild debió escribirle una carta al menos antes de nombrarle su tutor en el testamento. se da cuenta que lo ha comprometido a una labor muy delicada?

—Es verdad. lo sabemos, pero no había tiempo, el pobre señor Rostchild estaba casi agonizando, estuvo días postrado y debíamos resolver el asunto. Conocía bien a su padre el conde y sabía que era un hombre de bien que cuidaría de su hija y le encontraría un esposo.

Stephen Chapman hizo un gesto de sorpresa pensó que todo era muy extraño.

—Y qué pasará con la jovencita si mi primo decide no aceptar esta responsabilidad? Pues en realidad no tiene obligación alguna de aceptar este legado cuando ni siquiera es él quien fue nombrado su tutor sino su padre.

El abogado miró a lord Hastings con aire ofendido.

—Pero su primo todavía no ha dado su respuesta.

—Usted no ha respondido mi pregunta. ¿Qué ocurrirá con la jovencita si mi primo decide no aceptar esta responsabilidad?

—Pues deberemos buscar otro tutor y enmendar el testamento.

—¿Y acaso no hay parientes cercanos para cumplir este delicado cometido, doctor Norton?

—Pues mi cliente no se fiaba de los parientes franceses de la señorita.

—¿Y no cree que la señorita Agnes estaría más feliz en Francia con sus parientes ahora que ha perdido a su padre? —preguntó sir Chapman.

—Bueno, sí, tal vez, pero... su padre no quiso eso, ella quería ir a París, pero esa ciudad es muy peligrosa para una señorita heredera, señor Chapman y, además, no todos los parientes de la señorita de ese país son respetables y su padre temía que le quitaran todo en un santiamén—replicó el doctor Andrews.

Stephen sintió pena por esa joven y miró a su primo pensando que no era su asunto tomar una decisión, él debía hacerlo. ¿Pero querría hacerlo?

Se hizo un embarazoso silencio y luego Stephen habló en privado con su primo aparte, ambos intercambiaron opiniones, pero no dijeron nada.

El doctor Norton se sintió desesperado.

—Oh por favor, acepte este legado sir Hastings. Se lo ruego. Si no lo hace no podremos dotar a la niña ni dar curso al testamento. El mismo será impugnado y la pobre será atacada por sus parientes berlineses de Londres sobrinos de su padre. Son unos buitres que esperan que algo ocurra para quitarle todo. —hizo una pausa para tragar saliva y enjuagarse la frente sudorosa para continuar: —ellos se presentaron en la mansión Rostchild para saber si su pariente millonario les había dejado algo y se marcharon furiosos cuando mi cliente los dejó sin un céntimo. Ellos se enfurecieron y ni siquiera saludaron a la niña que acababa de perder a su padre. La miraron con odio porque nunca aceptaron ese matrimonio de su primo con una francesa. Sus otros parientes franceses por otra parte fueron al funeral y se mostraron muy atentos y se quedaron junto a la señorita Agnes, pero luego de que supieron el contenido del testamento y saber que tampoco les había dejado legado alguno, también se marchó y dejaron sola a la señorita. Completamente sola y desamparada en su dolor.

—¿Y la tía que la crio? —preguntó lord Hastings apenado.

—Pues la señora no apareció para nada, solo le envió una carta pues sus actividades en París le impedían hacer un viaje en esos momentos. Para que usted vea que parientes tan frívolos e interesados tiene la pobre joven. De haber sido diferentes se hubieran quedado a su lado brindándole su apoyo y protección, pero no lo hicieron. Se marcharon enseguida y la dejaron sola.

Sir Hastings miró a su primo sin saber qué hacer.

De cierta forma le conmovía la situación de esa pobre joven y no quería abandonarla a su suerte como lo habían hecho sus parientes.

—Es muy triste lo que me dice abogado, que una jovencita huérfana no tenga a nadie en estos momentos tan difíciles, aunque me temo que no podría cumplir mi cometido. Solo podría cuidar de ella y evitar que huya a Francia mientras esté a mi cuidado, pero no sé si pueda encontrarle un marido aquí. Si su padre no pudo y seguramente tuvo los mejores candidatos en su temporada de Londres, yo no me veo capacitado para lograrlo.

Los abogados suspiraron aliviados, aunque se esforzaron en disimularlo con una tosecita.

—Eso no tiene importancia, puede ser su tutor por dos años, hasta los veintiunos, luego si no ha podido encontrarle un esposo veremos cómo solucionarlo. Quizás entonces la joven esté más preparada al respecto —dijeron esperanzados— Pero le recordamos que el señor Rostchild dejó un legado importante para usted y algo más...

Le entregó un documento que sir Hastings leyó antes que nadie.

—¿Qué es esto, doctor Norton? —preguntó el lord inquieto.

—Una vieja deuda que su padre tenía con el señor Rostchild, lord Hastings —tosió nervioso luego de decir eso.

Era el as bajo la manga que solo sacarían cuando estuvieran muy desesperados, pero realmente no esperaban que el tutor pusiera tantos peros cuando además de darle la propiedad de unas tierras de Cumbria que pertenecieron al señor Rostchild en vida, también decidiera perdonar la deuda a su padre.

De cierta forma también era un golpe bajo, lord Hastings permaneció impasible pero interiormente ardía.

—Una vieja deuda... vaya. ¿Entonces lo hizo por eso? No tenía idea. ¿Por qué no reclamó este pago luego de morir mi padre?

—Porque le tenía mucho aprecio, era su amigo y él era muy leal a sus amigos, lord Hastings.

Leal pero no olvidaba una deuda, pensó el conde molesto.

—No tenía idea de esto, se lo juro —declaró el conde cada vez más crispado— mi padre jamás lo mencionó.

El abogado se atusó los grises bigotes.

—Le creo por supuesto. Pero sé que el señor Rostchild le ofreció dinero a su padre cuando esta propiedad comenzó a derrumbarse lentamente. Hubo un incendio aquí hace años, ¿no es así? Algo me dijo el señor Rostchild al respecto. Y como era su amigo le entregó el dinero para hacer la reparación sin esperar que se lo pagara. Pero luego recordó ese viejo favor y pensó que podría esperar una ayuda de su padre. Que cuidara a su hija porque además sabía que era un caballero de intachable reputación. Él y su hijo, felizmente casado con una dama de Cumbria.

Lord Hastings pensó que debía aclarar esa situación, pero estaba demasiado molesto para hacerlo y atrapado supo que le habían atestado un golpe de gracia. Si no aceptaba sería un desagradecido o tal vez esos abogados usarían ese pagaré para reclamar la vieja deuda. Y era mucho dinero con el que no contaba en esos momentos. A menos que vendiera unas tierras...

Su primo en cambio comprendió que eso era un chantaje y lo dijo.

—Esta deuda es muy vieja, ya no puede reclamarse. —dijo luego de estudiar el pagaré con detenimiento.

—Es verdad, es una deuda vieja y tardaría mucho tiempo en cobrarse, quizás nunca, pero Lord Hastings sabe que logró salvar su herencia con esta ayuda del señor Rostchild y el deber moral prima sobre lo financiero, por supuesto. Por eso le pido encarecidamente que acepte cuidar de esta niña un tiempo. Un año al menos. Y no importa si no le consigue un esposo. Muchas cosas pueden pasar en un año y en cuanto este testamento pueda ser formalmente legalizado y aceptado, todo cambiará. Depende de usted. Lamento tener que presionarlo de esta forma y le ofrezco mis disculpas. El señor Rostchild dijo que usted aceptaría sin reservas, pero supongo que no sabía que su padre había muerto... un descuido muy triste, pero...

Lord Hastings estaba acorralado y lo sabía y entonces miró a su primo abogado.

—Pero mi cliente no puede aceptar este legado porque está a nombre de su padre.

—Podemos enmendar esto. Hay una copia del testamento firmada en la cual hemos dejado en blanco el nombre del tutor porque no estábamos seguros de encontrarle con vida al saber que tenía más de sesenta años. Es una copia idéntica y firmada por nosotros y cuatro testigos como exige la ley. Pero el nombre de su tutor está en blanco, mire...

—¡Cuánta astucia! —dijo sir Chapman con una sonrisa.

—Solo experiencia doctor Chapman. Supervisión. Ya nos ha pasado antes, si el tutor muere debemos hablar con sus herederos. Porque las responsabilidades y legados también se heredan como las viejas deudas.

Astutos abogados, eran zorros arteros pensó el conde si no podían convencerle con el legado lo harían con el asunto de una deuda moral. Ningún caballero hacía negocios de esa forma ni aceptaba ser tutor a cambio de una "compensación". Pero el asunto de la deuda moral sí lo atormentaba.

—¿Entonces el testamento todavía no fue presentado en un tribunal? —preguntó sir Chapman.

—Sí, hemos presentado la copia primera para asegurarnos que la señorita sea considerada heredera de su padre. Eso fue aprobado, pero ahora necesitamos nombrarle su tutor y queremos que eso sea secreto. Nadie debe saber que ella está aquí, ¿comprende? Su padre me lo pidió antes de morir. Dijo que debía omitir el nombre de su tutor y evitar divulgar esta información. Es para aliviar su carga en parte... La señorita acaba de heredar millones en propiedades y también en dinero en dos cuentas bancarias, el inventario de los bienes es extenso, pero si alguien descubre que es aún soltera podría intentar raptarla y forzarla a una boda. El peligro existe por eso le rogamos discreción. Ella no podrá casarse sin su autorización, pero eso es aquí en Inglaterra, si la joven es raptada y llevada a Escocia por algún bandido podrá casarse con ella y apoderarse de una parte de sus bienes. Solo que no podrá hacerlo pues nosotros anularíamos la boda, pero también hay riesgo de que sea raptada con el fin de pedir un abultado rescate… su situación es muy delicada, lord Hastings.

—Lo entiendo.

—Así que le ruego que no la lleve lejos de esta casa ni a fiestas. Solo con sus amigos más cercanos que deberán guardar el secreto.

—OH vaya, entonces sí es grave la situación de esa jovencita—dijo lord Hastings pensativo.

Su primo asintió, pensaba lo mismo.

—Por eso nuestra urgencia. Aunque en realidad mi cliente que Dios lo tenga en su gloria dejó una cuenta a nombre de la señorita Rostchild y algunos bienes los traspasó a su nombre para que si se casaba estos bienes le pertenecieran a ella y no fuera tomado por ningún marido ambicioso en el futuro, de todas formas, este contrato debe ser anexado al testamento si acepta usted por supuesto y presentarlo en Londres con todas las formalidades.

El conde miró a su primo y este se mostró molesto con los abogados. Su proceder no era de caballeros, pero también le dio mucha pena esa señorita que tenía una herencia millonaria, pero se había quedado sola en el mundo, sin nadie que quisiera cuidarla.

—Está bien, supongo que debo firmar y aceptar este legado y la responsabilidad que conlleva cuidar de una niña casadera. Solo que espero que hablen con la señorita y le digan que deberá obedecerme y no causarme problemas.

—OH muchas gracias, lord Hastings. Por supuesto, no se preocupe. Hemos hablado con la señorita y ella no habla mucho inglés, no lo escribe correctamente y su acento es marcado. Pero es una joven dulce y de naturaleza dócil. Le hará caso y no le causará molestias.

De eso no estaba seguro.

—Además su esposa se encargará de cuidarla supongo—dijo el doctor Norton—las mujeres son criaturas encantadoras cuando pasan la edad difícil por supuesto, y me imagino que la condesa podrá lidiar con el genio de la señorita y quizás hasta se hagan grandes amigas.

El conde lo miró furibundo.

—Mi esposa murió hace tres años doctor Norton y en estos momentos no tengo en mi mansión una tía o parienta que pueda educar y buscarle marido a una señorita francesa que además no debe estar pasando un buen momento ahora pues acaba de perder a su padre. Debe respetarse su duelo, además.

—OH lo siento mucho disculpe... no lo sabía.

Se refería a su anillo de casado, no se lo había quitado jamás y llevaba el de su esposa en una cadena de oro en su pecho por eso seguramente pensó que estaba casado. Pero era viudo y tenía la sensación de que nada saldría como esperaba ese abogado, pero sabía que solo cumplía con su cometido: encontrarle un tutor a esa joven y si él le rechazaba tal vez tuviera otra lista de deudores del señor Rostchild. pero ciertamente que no quería que luego fueran a reclamarle esa vieja deuda de su padre. A duras penas había podido conservar su propiedad luego de pagar deudas y trabajar muy duro para que todo estuviera bajo control. Su padre no había hecho buenos negocios y, además, fue muy blando con los arrendatarios. Él tuvo que cobrar viejas deudas de granjeros que se habían enriquecido porque su padre olvidaba cobrarles o sentía pena por los más pobres. También había tenido que librarse de un administrador tramposo y estafador. Todo lo había consumido esos últimos años, eso y haber perdido a su esposa dos años después de perder a sus padres.

Ahora había hecho de ese señorío un lugar próspero y ayudaba a su primo abogado a lidiar con su heredada propiedad y en sus ratos de ocio se reunía con amigos y vecinos del condado para mantener esas viejas amistades y también luchar contra ese clima loco y hostil que reinaba en Cumbria en esa época del año.

No imaginaba a una señorita francesa y delicada como una flor en esa mansión helada ni tampoco casada con ninguno de sus amigos solterones.

—Creímos que era casado y que su esposa... disculpe. ¿Entonces usted la cuidará por un año?

—Puede quedarse aquí más tiempo si es necesario. Pero creo que la señorita debería estar con sus familiares... seré responsable de ella y eso me inquieta.

No estaba de humor para hacerse cargo de una pupila y mucho menos buscarle un esposo.

Pero los abogados le dijeron con sinceridad que no podían dejar a la joven sola con sus tías viejas, temían que fuera raptada o algo peor.

El conde miró a su primo que parecía desaprobar su decisión, pero la respetaba y luego se alejó un poco pues de pronto se sentía sofocado, atrapado.

Tragó saliva y miró a los astutos abogados y comprendió que al final se habían salido con la suya.

—Está bien, acepto, pero no sé cómo haré para encontrarle un esposo a la señorita Rostchild. Ignoro si tendré éxito, pero al menos prometo cuidar de que ningún mequetrefe intente llevársela por la fuerza. Aquí estará a salvo, de eso doy fe. Este señorío es inaccesible y, además, tengo un ejército de sirvientes que cuida los alrededores y montan guardia día y noche. Y por supuesto nadie sabrá que está aquí la heredera Rostchild. Deberé decir que es una vieja parienta francesa de mi esposa. inventaré algo.

—Nos parece una idea estupenda, lord Hastings. Como usted diga. Bueno, no esperamos que le encuentre marido si ella se opone o si no encuentra algún caballero dispuesto a desposarla por supuesto. Solo esperamos que esté a salvo aquí un tiempo. Solo eso.

—Entonces quite esa condición del legado, hombre. No puede obligar a mi primo a casar a una señorita a la que ni siquiera conoce cuando ni ustedes deben tener fe en que lo consiga—intervino el abogado primo de sir Hastings sin ocultar su molestia.

—Pero me temo que eso no sería posible, hemos redactado el legado y solo incluimos las cláusulas de estilo. Nada más. En realidad, no hay una obligación implícita de encontrarle esposo a la señorita pues su padre advierte que de todas formas recibirá el legado cuando llegue a la mayoría de edad y ha dejado bienes a su nombre para que pueda disponer de ellos. Solo que no podrá viajar ni casarse sin su consentimiento sir Hastings.

Genial, sería el perro guardián de la señorita…

—No lo hará, por supuesto—dijo el conde.

—OH lord Hastings, es usted tan generoso y bondadoso. No sabe qué alivio nos da poder confiarle a la heredera. La pobre niña quedó huérfana y está tan triste y desamparada. Por supuesto que no le causará problemas, es una joven educada y de carácter afable y tranquilo—insistieron.

—Está bien—dijo el conde—pero ¿qué pasará si ella se niega a casarse? ¿O si no encuentro un pretendiente adecuado para la señorita?

—Bueno, usted solo estará obligado a intentarlo su señoría por el término de un año. Sin embargo, ella sabe que hasta que no se case no podrá disponer plenamente de su fortuna. Ahora las cosas han cambiado, ya no está su padre ni sus tías para cuidar de ella. Hemos hablado con la señorita para explicarle los hechos y ella ha aceptado cumplir la última voluntad de su padre. Sabe que debe casarse pronto.

—Vaya. Entonces al parecer no tengo alternativa.

—Es una pobre huérfana, lord Hastings. Una rica heredera que sin embargo a pesar de tener tanto dinero no tiene familia ni amigos que puedan ayudarla ahora. Se ha quedado sola y completamente desamparada. Si pudiera usted acogerla un tiempo y ponerla bajo su cuidado.

El conde dijo que lo haría. ¿Acaso podía hacer algo diferente? Ese maldito pagaré quedaría en poder de esos abogados, debía tenerlo.

—Muy bien, traeremos a la señorita en unos días si le parece bien.

No dijeron dónde estaba ni dieron más detalles. Al menos tuvieron la delicadeza de no llevarla ese día.

—Aguarden—dijo sir Chapman atento.

Ambos se detuvieron y miraron al pariente abogado de su señoría con cierta petulancia.

—¿Qué sucede señor Chapan? —preguntaron.

—Quiero que agreguen una frase justo aquí eximiendo a mi primo de cualquier responsabilidad por una eventual fuga o rapto de la señorita.

—¿Cómo? Pero ¿qué dice hombre? —dijo el doctor Andrews.

—Luego de conocer las circunstancias que rodean a la familia de esa señorita, y también su carácter volátil y caprichoso, creo que es improbable que acepte quedarse en este señorío por mucho tiempo. Si además dispone de parte de su herencia podrá marcharse o fugarse por su cuenta sin que podamos impedirlo. O, mejor dicho, sin que mi primo pueda hacer algo al respecto. Él es su tutor, pero esta joven no es una niña, tiene diecinueve años y sospecho que es muy lista y ha sido siempre muy mimada. La voluntad de mi primo de protegerla es un hecho, la de cuidar de su bienestar y buscarle un marido también, pero ¿qué pasará si algo sale mal y la joven decide desaparecer o fugarse con algún enamorado por su cuenta? Mi primo no puede hacerse responsable de ello. Sería muy injusto. ¿Por un pagaré que jamás nadie mencionó y que además es muy viejo y si el señor Rostchild jamás lo reclamó, acaso dejó instrucciones de que ustedes lo usaran en su nombre?

Los abogados se sintieron acorralados por ese astuto y joven abogado. No tuvieron nada que decir sobre el pagaré, pero dudaron en cuanto a eximir de responsabilidad a un caballero que sería nombrado tutor de una heredera como la señorita Rostchild.

Al ver que se negaban Stephen le arrebató el contrato y le dijo a su primo con decisión que no firmara ese testamento hasta que lo eximieran de esa nota.

Él aceptó su consejo y miró a los abogados que tenían en su poder el anexo del testamento y tenían prisa por darle curso legal en Londres. Cuanto antes.

—Está bien, lo anotaremos. Pero se verá extraño... bueno, como usted diga doctor Chapman.

Hicieron la aclaración, pero dijeron que esperaban que no ocurriera tal percance.

—Tampoco lo espero señor Norton. Por favor, el pagaré—dijo al ver que el abogado se hacía el tonto y se lo llevaba de nuevo.

—Se lo daré en cuanto firme, lord Hastings–le aclaró el abogado.

Ambos se miraron de hito en hito.

Y tras firmar el testamento el conde de Hastings tuvo en su poder el pagaré y los títulos de las tierras, pero se sintió sofocado, ahogado y apenas pudo se escapó de la sala y fue por un trago de coñac. Uno muy grande. Lo necesitaba.

Su primo lo siguió.

—Qué sujetos tan desagradables y bandidos. Querían llevarse el pagaré y hasta las escrituras que debían entregarte.

—Solo querían cerciorarse de que firmara–le respondió el conde.

Stephen Chapman se dejó caer en el sillón y aceptó una copa de coñac, también se sentía extraño ese día. Molesto principalmente.

—Y ni siquiera sabía de la muerte del tío Oswald. ¿No es extraño? ¿Que Rostchild no se enterara de la muerte de su viejo amigo?

—Es que perdieron contacto hace años. Su amistad fue efímera. Rostchild debió darle ese dinero a mi padre a cambio de algo supongo, quería ganarse su amistad y era tan rico que decían que era muy generoso con su dinero.

—¿Y qué piensas de su hija? ¿Crees que podrás encontrarle un esposo o que se fugará a Francia?

—Pues debo evitar que lo haga, pero ciertamente que no estoy nada feliz de convertirme del tutor de esa niña.

—Bueno, al menos tuvieron el gesto de preguntarte si querías aceptar. Pensé que no lo harías. Creo que te aconsejé que no lo hicieras, pero ese pagaré os dejó enfermo.

El conde bebió un sorbo largo de Brady y miró a su primo.

—No quería hacerlo. Lo hice por el pagaré por supuesto. Mi padre me dejó muchos problemas y no quería enfrentar uno más. Ahora no. Y supongo que esto será como un pensionado de señoritas. Debería avisarles a mis tías solteronas e invitarlas a quedarse aquí una temporada para que me ayuden a lidiar con una jovencita que debe casarse.

—¿Tías solteronas?

—Bertha y Elizabeth, las primas de mi padre. Fueron buenas casamenteras de mis primas hace tiempo. O quizás tú puedas ayudarme en eso.

Su primo lo miró desconcertado.

—¿Qué quieres decir? —preguntó inquieto.

—Tú necesitas una esposa, primo, llevas tiempo buscando una joven dulce y hermosa que te caliente la cama y te dé herederos. Una dama hermosa y rolliza, rubia... quién sabe. Tal vez esta joven pueda enamorarte y todo tenga un final feliz.

—¿Estás loco, Pearce? ¿Crees que me fijaría en una niña casadera francesa que además ha de ser una consentida insoportable? Jamás.

—Bueno, primero deben ser presentados. Quién sabe. Quizás tú puedas domeñar a la pícara heredera. Sospecho que será bella y dulce con cara de ángel, pero corazón de demonio. Conocí a una niña casadera así hace años en Londres, y era francesa. Terminó casándose con el sobrino de sir Gladstone. Un joven insípido y tonto pero muy adinerado.

—Vaya... no sabía que tú asistías a Londres a conocer a las debutantes.

—Lo hacía para complacer a mi esposa, a ella le gustaba Londres. Soñaba con regresar allí creo, nunca fue feliz aquí...

Su primo lo miró sorprendido.

—Parecía muy feliz a tu lado.

—Las apariencias engañan, amigo mío. Siempre engañan. Veremos qué sucede cuando llegue esa jovencita. Imagino que solo necesita un poco de respeto a la autoridad y disciplina. Aunque confieso que solo pienso en encontrarle un esposo de inmediato, así que si tú estás interesado ... debes decírmelo porque la entregaré a mi primer amigo solterón y al diablo con lo que piense o diga la señorita. Las mujeres desobedientes y malcriadas me sacan de quicio.

—Pues no creo que sea mi estilo. Ciertamente me da pena esa jovencita, con tanto dinero y sin familia en este mundo. Aunque también siento pena por ti, porque te has echado una al cuello que nadie sabe.

Perceval sonrió tentado.

—Tienes razón, como siempre... pero supongo que no lo pude evitar, aunque varias cosas llamaron mi atención. ¿Creo que ese testamento no fue legalizado no crees? Y que si yo decía que no debían tener una lista de caballeros le debían favores a Rostchild.

—Y crees que dejarían a la heredera de un millonario con cualquier lord? —replicó Stephen inquieto—no lo creo. Parecían muy seguros de que tú aceptarías, Pearce. Y lo hiciste.

—A mí me extrañó otra cosa Stephen. Lo de que nadie debe saber que está aquí porque su vida corre peligro. ¿No crees que es demasiado fantasioso? ¿Que un grupo de bandidos venga a llevarse a la heredera para pedir un rescate o casarse con ella?

Stephen pensó que su primo tenía razón.

—Quizás además de millonaria, sea una jovencita muy hermosa. Eso podría tentar a muchos cazafortunas por eso la trajeron al rincón más helado de Cumbria porque sabían que aquí estaría segura.

—Pues menuda faena me espera... ser el guardián de una niña mimada, cuidar que nadie la secuestre y encontrarle un esposo. ¿Y cómo podré hacerlo si deberé presentarla como una parienta de mi esposa?

****

Una semana después, Agnes contempló la mansión de Kerragham en el corazón de Cumbria y tembló aterrada. No podía ser esa casa su nuevo hogar.

—Señorita Rostchild. Por aquí por favor—le indicó el doctor Norton como si temiera que ella se fugara.

No había dejado de vigilarla todo el viaje y de sermonearla como si fuera una niña de diez años de las cosas que podía hacer y qué no... que debía ser obediente, respetuosa y permanecer en su habitación y no molestar a su señoría y obedecerle en todo.

Apretó los dietes porque estaba furiosa y helada. Ese viaje había sido lo más horrible e incómodo y ese lugar era tétrico y espantoso. ¿Realmente la dejarían allí con su tutor para que la cuidara de los bandidos y oportunistas y le encontrara un esposo?

Pero si esa casa era un completo espanto de antigüedad, plantas trepando como criaturas horribles por todas las paredes, de piedra y madera y enorme y sombría como una mansión embrujada de alguna novela de folletín, de esas que leía cuando estaba aburrida.

Solo que no era gracioso cuando una tenía que vivir allí.

Siguió al abogado y avanzó rumbo a la casa mientras un par de criados tomaban sus maletas y se quejaban del peso. ¿Pues qué querían? No dejaría su ropa en la mansión de Londres, sabía que pronto sería alquilada pues sus tías viejas habían insistido en regresar a su cómodo y pequeño cottage de Norfolk. Le dejaron sus señas, la besaron y le desearon lo mejor. La abandonaron prácticamente. De nada sirvieron sus ruegos, ellas no querían lidiar con una heredera millonaria porque eso era ahora, demasiado trabajo tuvo al enseñarle inglés y educarla para su presentación en sociedad.

Sintió una horrible tristeza al dejar su mansión en el corazón de Londres, era una ciudad bonita y alegre, y allí había hecho amigas, aunque no hubiera encontrado un marido apropiado. Había sido feliz... y ahora era como viajar al purgatorio, a un lugar tan raro como helado que la crispaba por completo.

Su nuevo hogar... esas paredes llenas de musgo esa construcción rancia y horrible no podía ser más siniestra.

Y además su tutor no fue a recibirla, y solo apareció un criado viejo rengueando sostenido a un bastón y una dama igualmente vieja a su lado con moño gris y una cara fruncida que le resultó fea y hasta atemorizante.

—Señorita Rostchild, bienvenida a Kerragham house.

La jovencita asintió.

¿No era insólito que un grupo de criados le dieran la bienvenida como si ella fuera una sirvienta o un personaje de menor categoría? ¿Dónde estaba el hombre que había sido nombrado su tutor?

Pues brillaba por su ausencia.

Caminó tiritando de frío con los pies helados mientras buscaba algo cálido para acercarse, algo parecido a un brasero o estufa de leña.

Cuando entró en el gran salón escuchó voces y una música de fondo y eso le llamó la atención. ¿Acaso había una fiesta y nadie le había avisado?

—Sígame por favor.

Al parecer no querían dejarla participar de la tertulia, solo encerrarla en una habitación fea y tan helada como ese pueblo. Allí hasta parecía que el aire se congelaba y entraba en cada trozo de abrigo atravesando la tela más gruesa con una maldad imponente.

Buscó algo para calentarse mientras esperaba a que la llevaran a su habitación y de pronto vio una estufa y se acercó. Fue hacia ella desesperada como si fuera la luz en medio de las tinieblas. La necesitaba, necesitaba un poco de calor.

Y entonces vio a un hombre mirándola con curiosidad desde un rincón y ella se apartó inquieta.

—Señorita, ¿qué hace sola aquí? —le preguntó.

Ella se sonrojó y como estaba muy nerviosa le dijo:

—Nada. Es que tengo frío.

Él la miró con una sonrisa. Era alto y de mirada profunda, el cabello alborotado como los poetas de Londres y bastante guapo para ser inglés. Ella había contado con los dedos cuando conoció a un hombre inglés joven que fuera tan guapo o tal vez no eran su tipo. Le gustaban más los franceses, los italianos, pero ese joven era muy guapo de ojos grandes y mirada intensa, una mirada que atrapaba y la hacía sonrojar, cejas gruesas y oscuras y rostro ancho, lleno de energía. Pero de una energía fresca y alegre. Nunca había visto un rostro así y de pronto notó que todo él era guapo, su ropa, su gran altura y ese no sé qué que había en su mirada oscura que la hizo sonrojar y apartar la mirada.

—Entonces recién ha llegado. ¿Cómo se llama, señorita? —le preguntó él.

—Mi nombre es Agnes Rostchild. pero nadie ha venido a recibirme, creo que no me esperaban hoy—le respondió.

Su mirada cambió.

—¿Entonces usted es... la joven que mi primo debe cuidar? Vaya... se ve usted más joven. ¿Acaba de llegar? Nadie nos avisó. Vaya descuido.

Ella se sonrojó.

—Sí, acabo de llegar y tengo mucho frío. Este lugar es muy frío.

Mientras ella estaba cada vez más triste y molesta por esa casa helada y por estar allí, el joven se reía en secreto de sus gestos y entonces apareció un caballero alto de fríos ojos grises y cabello oscuro para interrumpir la conversación.

—Usted es la señorita Rostchild? vaya. No la esperaba tan pronto. Nadie me avisó—dijo.

Ella notó que no se parecía en nada a su primo, era un hombre mucho menos simpático y nada agradable. De mirada fría. Vaya, acababa de conocer a quién sería su tutor y dio un paso atrás, sorprendida, mientras temblaba como una hoja.

—Bienvenida a mi mansión señorita Rostchild, disculpe que no fuera a recibirla no la esperaba tan pronto y ahora mismo hay una tertulia de artistas. Imagino que no se sentirá cómoda y preferirá retirarse a descansar.

No, no quería descansar, solo quería meterse dentro de esa estufa para dejar de temblar.

—Quisiera estar aquí, disculpe, es que tengo mucho frío.

Él notó que sus dientes castañeaban y llamó a una criada para que la llevara a su habitación.

Entonces apareció una criada regordeta y de grandes ojos saltones y azules que se presentó como su futura doncella Meg.

La asustó cuando la vio.

—Señorita Rostchild, su habitación está lista y le servirán la cena en media hora. Por favor acompáñame.

De pronto notó que el joven de cabello revuelto tan guapo no había dejado de mirarla y se sonrojó. No estaba de humor para flirteos ni tonteos, no quería nada de ese lugar, ni siquiera quería estar allí y su abogado le dijo que debía quedarse en esa casa por dos años con su tutor. Él la cuidaría y le encontraría un esposo.

Pues ella no quería ninguna de las dos cosas y realmente odiaba esa casa, era fea y helada.

Rápidamente se despidió de los presentes y siguió a la criada.

Nunca imaginó que la casa sería tan inmensa, no llegaba nunca a destino, no hacía más que dejar atrás salas, salitas comedores y más habitaciones y también una escalera eterna.

Pudieron darle la habitación de abajo o del primer piso. Estaba en el primer piso, pero al final de no sabía qué lado.

Al menos la acompañaron dos criadas y fueron alumbrando el camino pues todo estaba en penumbra.

Su habitación era bonita pero muy antigua. Los muebles, las alfombras ... además estaba helada y lo dijo pues esas criadas estaban muy ansiosas por largarse y dejarla sola.

—Señorita, ya arreglaremos eso. Ahora debe meterse en la cama y descansar. La ayudaremos...

Pues tuvo que quedarse con el cuarto helado y meterse en una cama también fría y con olor a rancio, a humedad. ¡Un completo desastre!

Y luego aguardar más de dos horas a que prendieran un bracero y le llevaran la cena caliente. Una pata de cordero guisada con arroz y legumbres que fue la gloria, sopa de tomates y una porción generosa de pastel de jengibre de postre.

Eso la revivió y mejoró un poco su ánimo. Estaba hambrienta pues no había comido más que unos sándwiches en la mañana pues la comida que le ofrecieron en una posada del camino era terrible y además no estaba de humor para comer nada y luego lo sintió. Ahora devoró todo lo que había en la bandeja. Pero no tuvo fuerzas para salir de la cama. Estaba realmente agotada por el viaje y el calorcito del bracero y el festín le dieron sueño y no tardó en quedarse profundamente dormida.

****

Al despertar todo le pareció confuso y absurdo como un sueño: su llegada, la visión de la casa y la tertulia a la que no fue invitada. El primo del conde que le dedicó algunas miradas y sonrisas y su tutor, un hombre guapo y taciturno que no parecía muy feliz de tenerla allí.

Sus abogados le habían advertido durante el viaje que fuera obediente y se comportara y adaptara a su nueva vida. No sería sencillo para ella y lo sabían, pero... esa había sido la última voluntad de su padre y debía respetarla y punto.

Todavía lloraba al pensar en su padre.

Tan poco tiempo había vivido a su lado, tan poco tiempo le tuvo luego de mudarse a Inglaterra y tener que adaptarse a un idioma que apenas conocía y a una vida tan distinta de cuando vivía en París.

Se sintió como una extraña al principio, pero al menos una mansión blanca y hermosa, repleta de jardines la aguardaba. Vivió como una princesa por dos casi cuatro años, pero todo cambió luego de morir su padre.

Y ahora estaba allí en esa horrible casa.

Se acercó a la ventana solo para descubrir un paisaje gris cubierto de lo que parecía una especie de densa niebla que lo cubría todo.

Agnes vio ese paisaje oscuro y triste con ojos nublados. No quería estar en ese lugar, no quería que le buscaran un marido viejo y gordo y muy feo. Ni que la dejaran allí guardada hasta que alguien viniera a rescatarla de su soledad y abandono.

Hacía solo tres meses que había perdido a su padre y ahora se quedaría en ese nuevo "internado de señoritas", solo que era una casa oscura y sombría y bastante helada y muy antigua. Vetusta. Como una casa embrujada de la que tanto se enorgullecían los ingleses y allí se quedaría hasta que le encontraran un esposo.

Todo su dinero no le había dado una buena vida, solo le había causado lágrimas y desencanto. Hombres guapos y seductores que se acercaban a ella por su fortuna, porque era una de las mujeres más ricas del condado y del país y por eso la querían. No les importaba nada más que eso. Especialmente en Londres donde fue enviada para encontrar un partido interesante. Pero su madrina no pudo hacer mucho solo conoció barones pobres y ancianos ricos pero muy viejos y luego de nuevo en el mercado matrimonial como una chica pobre desesperada por tener un esposo. Ella que lo tenía todo y que no necesitaba un marido rico debía buscarse uno para sentirse a salvo y protegida de los robos y secuestros.

Ciertamente que envidiaba a las jóvenes de su edad que eran pobres y solo eran codiciadas por su belleza y juventud, le habría gustado que la vieran por guapa y no por rica, pero sabía que todo se arruinaba cuando un caballero se enteraba que era hija de Rostchild todo cambiaba. El nombre de su padre era sinónimo de riqueza exorbitante y poder. Era uno de los hombres más ricos de toda Europa y todos lo sabían y ahora que todo era suyo en vez de alegría sentía un horrible vacío y rabia. Porque lo tenía todo lo que podía desear: el mejor vestido, joyas costas, hermosas mansiones, pero no tenía más que eso, le faltaba todo en realidad: no era libre y no podía simplemente viajar y recorrer el mundo como lo haría un hombre heredero en su situación. Ni siquiera podía ya quedarse sola en su mansión y dedicarse a descansar de la fatigosa búsqueda de un marido porque el testamento de su padre lo decía todo muy claro: ella era su única heredera sí, pero no podría tocar un penique hasta el día de su boda cuando recibiría un tercio de su fortuna, el resto sería entregado cuando tuviera un hijo y no podría divorciarse. Estaría atada a un esposo de por vida. Y si no se casaba, si permanecía soltera por ejemplo recibiría un legado al cumplir los veintidós y luego a los veintiséis. Dispondría de una renta anual de forma permanente que le sería entregada por sus albaceas de forma semestral.

No había recibido ni un penique desde la muerte de su padre, solo tenía propiedades, joyas, vestidos lujosos y...

Un tutor para cuidarla como si tuviera diez años más o menos.

Un tutor que vivía en el último confín de la tierra helada y horrorosa de Cumbria.

No podía entender por qué su padre le había hecho eso. Debió darle toda su herencia o una parte y dejar que ella se buscara un marido con el tiempo, sin prisas. Nunca había soportado pensar en una boda concertada

Era tan triste y frustrante. Se sentía tan atrapada por esa herencia.

Pero de cierta forma sabía por qué habían nombrado un tutor. A causa de los parientes de su madre. No todos eran pobres y honrados como tía Eloise que vivía de tirar las cartas y comunicarse con los espíritus y con ese dinero había criado a sus dos hijas y ahora gozaba de mucho prestigio en París y en varias ciudades. Según le contó su prima tía Eloise había sido requerida en la hermosa ciudad de Viena por un importante conde que quería quitar un espíritu maligno de su castillo. Le hizo un ofrecimiento muy generoso.

Habría deseado poder viajar y ayudar a su tía en sus sesiones, eran tan divertidas. Ciertamente que el tiempo que vivió en esa ville de Rue saint Martin fue una época feliz junto a sus primas y esa tía que se parecía tanto a su madre y era tan alegre y divertida.

No entendía por qué su padre no quería a nadie de la familia de su madre, al punto que no les mencionó en su testamento ni una vez.

No les dejó nada a pesar de que su pobre tía la había cuidado durante años y solo había recibido una renta semestral por ello de su padre. Pero no hubo legado alguno para ninguno de sus parientes maternos. Pudo dejarle al menos a la tía que la había criado luego de perder a su madre, la tía que le dio un hogar y sus primas que tenían su edad y fueron como hermanas mayores.

No era justo. Ella habría querido ayudarlas, pero ahora tendría que quedarse allí.

Y no quería hacerlo.

¿Por qué tuvieron que convencerla de ir sus abogados?

Porque no tenía a nadie y punto.

Unos pasos la despertaron de sus pensamientos. Hora de levantarse, hora de conocer la mansión y hacer nuevas amistades...

—Señorita Rostchild, buenos días, aquí le traigo su desayuno.

Una criada delgada y muy alta entró en su habitación portando una bandeja de plata.

—Necesito asearme primero. Ayer no pude hacerlo y llevo puesto el vestido del viaje que traje ayer porque nadie me ayudó a cambiarme —se quejó molesta.

La joven la miró sorprendida.

—Oh lo siento mucho, señorita. No lo sabía. Qué descuido.

—Y, además, este cuarto está horriblemente helado. ¿Acaso nadie cuida aquí que el fuego esté prendido? Son muy descuidados —se quejó de nuevo.

—Señorita... si necesita algo debe tirar del cordel. Hay muchos huéspedes estos días y no podemos atenderlos a todos.

Ella miró a la criada cada vez más alterada.

Así que había muchos huéspedes y por eso...

—Pues me han dado el cuarto más horrible y helado al menos podrían cumplir con su deber y mantener prendida la estufa. ¿Acaso quieren que muera de un resfriado? —se quejó furiosa.

La criada murmuró una disculpa y dijo que avisaría a las demás.

Pero la hicieron esperar bastante para recibir las atenciones mínimas de un huésped que al parecer era indeseado completamente.

Recién al mediodía pudo estar en condiciones, con un vestido nuevo y limpio, su cuarto aseado y calentito y entonces recibió un mensaje.

—Lord Hastings la espera para almorzar señorita. Por favor, apresúrese.

Agnes miró confundida a la criada.

—¿Ahora? ¿Pero no es algo temprano?

—Aquí se almuerza al mediodía, se merienda a las cuatro y se cena a las siete pues luego hay tertulias o partidas de naipes o partidos en la sala de villar.

¿Sala de villar? Su padre tenía una en su mansión y se reunía a veces con sus amigas.

—Está bien, iré en un momento.

Fue a mirarse en el espejo. Su cabello castaño con bucles estaba despeinado y no tenía nada de pintura. Ella no habría descuidado su aspecto así, debía estar muy deprimida. Sus ojos color miel se veían más grandes y como desencajados. Tristes. ¡Qué penoso aspecto tenía por Dios! Ella que había sido considerada una de las más bellas y elegantes debutantes.

Pero no quería que la vieran arreglarse.

—Señorita, aguarde, la ayudaré—dijo la doncella.

Cuando Agnes bajó a almorzar estaba mucho más guapa y elegante, perfumada y con el cabello suelto, sujeto con cintas negras pues todavía estaba de luto por su padre y no le gustaba nada ese color y solía cambiarlo por un azul oscuro a veces. Todavía llevaba el negro y lo haría por un año.

Se preguntó cómo es que esos abogados la habían llevado a ese lugar y ese hombre debía buscarle marido si todavía estaba de luto. Cuando se lo dijo a sus abogados estos menearon la cabeza. "Su vida corre peligro señorita, cualquier bandido desalmado puede secuestrarla y forzarla a una boda o retenerla hasta cobrar un rescate cuantioso así que olvídese del luto, si encuentra un marido ahora pues sería lo mejor que podría pasarle. Y no se angustie, su padre desde el cielo lo entenderá" le dijo el doctor Norton.

"OH qué exagerado es usted, señor abogado" le respondió la jovencita pues creía que ese hombre tenía una imaginación muy morbosa. ¿Realmente creía que su vida corría peligro y podía secuestrarla?

Pues su padre también debió pensarlo, por eso le nombró un tutor, un hombre que nunca mencionó y que no estaba entre sus amistades al menos ella no recordaba que estuviera, pero...

Apartó esos recuerdos pues acababa de entrar al comedor y notó que la mesa estaba atestada como si fuera aquello un banquete medieval.

Agnes se disculpó por la tardanza y se sonrojó mientras sentía todas las miradas sobre ella.

—No se preocupe, creo que se almuerza demasiado temprano aquí—le dijo ese guapo inglés del día interior.

No sabía su nombre o quizás lo había olvidado, pero él le hizo un guiño cómplice cuando se sentó a su lado y estuvo segura de que la miró desde que entró en el recinto mientras sentía voces.

Conversaron antes de que sirvieran los platos y dijo llamarse Stephen, el primo del conde que estaba allí de visita y se quedaría unos días junto a sus primos que eran los solterones de la familia.

—Oh disculpe, claro, ¿usted me lo dijo ayer verdad?

Él asintió.

—No se disculpe, estaba algo asustada ayer y muy helada.

—Es verdad...

—Señorita, debo avisarle algo—dijo de pronto acercándose un poco a ella para decirle casi al oído—nadie sabe aquí su nombre. Nadie debe saberlo más que los criados.

Ella lo miró intrigada y sonrojada pues esa voz le había provocado un extraño cosquilleo y también que se le acercara así y la mirara con esos ojazos tan bonitos como de italiano.

—No comprendo por qué nadie debe saber.

—¿Bueno, es que lo pidieron sus abogados sabe? —le respondió Stephen Chapman. —Es por su seguridad, señorita. Desean que permanezca aquí segura y a salvo y por eso...

—Claro por supuesto, temen que una banda de italianos criminales o bandidos irlandeses...

El caballero sonrió tentado y pensó que su sonrisa era muy agradable como su perfume, su olor.

Rayos, nunca había conocido a un hombre así. ¿Sería realmente inglés o hijo de algún inmigrante del continente? Tampoco parecía primo de su tutor que era como uno de esos ingleses fríos envarados de otros tiempos, amigos de su padre que se quedaban allí sentados sin decir una palabra con mirada dura y algo lechuzesca.

Eran el día y la noche y se preguntó cómo es que ese caballero tan encantador era primo de su señoría, qué extraño accidente hubo allí.

—Puede pasar señorita.

La voz profunda de Stephen la despertó de sus maquinaciones.

—No es tan disparatado. Han raptado herederas en el pasado—habló en voz baja y en realidad nadie podía oírlos porque uno de los solterones estaba enfrascado en una disertación y todos hablaban a la vez como cotorras y querían disentir y darle la razón.

Algo relacionado con la política pues escuchó algo de tory y whigs, su padre le había explicado algo de eso, pero ella lo olvidó en el acto porque le pareció muy complicado.

Solo sabía que en su mansión de Saint George se evitaba hablar de esos asuntos porque a veces las personas se fanatizaban con ambos bandos y terminaban todos peleados y crispados y la reunión de amigos se convertía en un completo desastre y su padre odiaba eso. A él le gustaba charlar de todos los temas y distraerse cuando podía hacerlo y no le agradaban las discusiones. Él era un caballero tranquilo y no se involucraba en charlas políticas.

—Está bien, lo recordaré, pero...—dijo entonces.

Stephen asintió.

¿Cómo podrían encontrarle esposo si nadie sabía su nombre verdadero? ¿Y por qué su tutor no le habló de ello y lo hizo su primo?

La llegada el almuerzo hizo que todos callaran de repente y allí estaban los solterones comiendo todo con avidez. Sin demasiados modales en realidad.

Excepto Stephen Chapman que comía como todo un caballero y le dedicaba miradas intensas como si él estuviera feliz de tenerla allí.

Oh rayos, estaba divagando y pensando tonterías.

Entonces notó la mirada de su tutor y se preguntó si no estaría enfadado por su tardanza. O porque ella estuviera allí. No había hablado con ella ni una palabra desde su llegada y eso era muy descortés. Solo le dijo bienvenida a la mansión de Kerragham house y que esperaba que su viaje no fuera muy incómodo...

¿Pero acaso no tenía nada más que decirle como por ejemplo que iba a presentarla como una sobrina de su esposa como le dijo Stephen? ¿Por qué parecía mirarle hostil desde la otra punta de la mesa y dónde estaba su esposa?

Una mansión sin una dama era un completo caos, ya lo decía su padre y allí parecían imperar los hombres, los hombres solterones al parecer. Todos feos y muy blancos, insípidos. Bueno, tal vez la señora de la mansión se encontraba indispuesta, encinta o cuidando de sus crías. Los abogados no mencionaron que su tutor tuviera una, pero debía tenerla.

Tampoco que le importara solo que se sentía incómoda en un ambiente tan masculino, todos conversaban entre sí de gente, de política y apenas podía entender lo que decían pues el acento era distinto y horrible. Como los campesinos de todas partes. Le extrañó que caballeros que debían ser de clase alta hablaran tan mal su idioma, pero por suerte estaba a su lado ese joven con cara de poeta rebelde, él le habló a veces y eso la hizo sentirse menos sola en esos momentos.

****

Días después la joven francesa vio el sol a través de la ventana de su habitación y pensó que le gustaría dar un paseo. Llevaba días confinada, soportando la charla de esos parientes del conde y estaba más aburrida que un hongo y eso que lo había intentado todo: escribir media docena de cartas en menos de una semana, leer esas novelas que había llevado en francés y garabatear algo en su diario.

Pero nada le daba consuelo, solo una efímera distracción.

Es que odiaba ese lugar, lo aborrecía con toda su alma.

Y odiaba a todos los que vivían allí. Excepto a Stephen.

Ahora acababa de enterarse de que su tutor no tenía esposa, no había una dama en la mansión con la que pudiera charlar ni nada.

Por eso el ambiente era tan sombrío. Stephen era su único amigo en esa mansión helada infernal y él le contó que la esposa de su primo había muerto de forma trágica luego de dar a luz. El bebé había muerto días después.

Por eso sentía algo extraño en el aire.

Era una casa triste y eso la deprimía a veces. Los fantasmas eran criaturas tristes y grises y esa casa debía tener un buen número de seres espectrales, podía sentirlo, aunque trataba de ignorarlo.

Sin embargo, saber eso la ayudó a entender un poco mejor el carácter huraño del conde, huraño o antipático. Era un hombre triste y solitario, aunque tuviera amigos por doquier en ese condado y le invitara una vez a la semana a sus tertulias.

Casi no hablaba con ella, además, un día por mera cortesía le habló aparte y le explicó que debía ocultar que era una Rostchild. Debía usar un apellido francés y decir a todos que era una parienta francesa de su esposa.

El que hablara de ella en presente como si atuviera viva la crispó.

—Está bien, comprendo—respondió ella.

Él la miró inexpresivo.

—Tampoco podrá salir de aquí por algunos meses, señorita. Es por su seguridad.

Por supuesto era de esperarse.

Su tutor dio por terminada la conversación.

No le preguntó qué pensaba al respecto solo le comunicó tardíamente que nadie debía saber que era la heredera Rostchild.

Por otra parte, Agnes notó que los sirvientes eran como fantasmas hostiles y antipáticos que aparecían de repente sin hacer ruido para mirarla con esos ojos de huevo duro y darle un susto de muerte, lo mismo ese conde sin esposa que la vigilaba desde las sombras y jamás decía palabra. No se veía contento con tenerla allí ni ella estaba conforme con lo que debía considerar: su nuevo hogar.

Pero lo más tenebroso llegaba al anochecer, cada vez que intentaba dormirse pues oía voces susurrantes colándose por la rendija de esas ventanas, chirridos y sonidos de pasos acercándose y otros sonidos igualmente aterradores.

Sabía qué eran esas cosas, eran fantasmas viejos como esa casa.

Ella rezaba cuando eso pasaba, rezaba y se cubría los oídos con dos almohadas y trataba de pensar en otra cosa, pero sabía que en esa casa debía haber un fantasma o quizás más de uno. O quizás solo fuera la casa vieja y decrépita que producía esos ruidos siniestros para espantarla para decirle que no la quería allí por ser francesa, millonaria y presumida. Esa casa soberbia tenía en sus paredes el orgullo inglés de otros tiempos y quizás hubo muertes violentas por eso...

Su tía le había contado algo sobre ello en el pasado pues se dedicaba a comunicarse con los espíritus y le habría gustado que estuviera allí para purificar esa casa.

Pero en realidad no quería eso, solo quería escapar, correr y por eso cuando ese día de sol radiante decidió abandonar su habitación y dar un paseo mañanero.

Lo necesitaba. Tanto encierro la volvería loca.

Así que se cubrió con una pelliza gruesa de paño y ribetes de piel de armiño, gorro, bufanda y guantes y se fue a caminar sin avisar a nadie.

Era un día estupendo y quería aprovecharlo. No había visto más que días nublados y grises desde su llegada y ese sol parecía un regalo inesperado.

Nada más abandonar la casa se sintió mejor, más aliviada. Aunque el aire era gélido no le importó, al menos sentía que respiraba aire puro y podía caminar, estirar sus piernas sentía que hacía siglos que no lo hacía, ella que siempre había hecho paseos todas las mañanas en su mansión londinense ahora echaba de menos un poco de ejercicio.

Le haría bien caminar para distraerse un poco para no pensar tanto.

No pudo evitar ver la casa a la distancia y compararla con su antigua mansión de las afueras de Londres. Eran como el día y la noche, una blanca y la otra oscura, silenciosa, una moderna, llena de comodidades y esa... un horrible caserío con la personalidad de un pariente rancio, un auténtico pelmazo de esos que se invitaban a las reuniones por mera obligación. Eso era esa casa y en cambio su antiguo hogar era simplemente perfecto.

No podía creer que sus tías hubieran preferido abandonar esa hermosa mansión para vivir en un pequeño cottage de Norfolk, pero al parecer allí tenían amistades y decían no poder lidiar con los gastos de esa mansión. Ni tampoco querían cargar con la hija huérfana de su primo, él que había sido tan generoso en su testamento con ellas...

Agnes se sintió traicionada por ese par y supuso que cuidaron de ella en el pasado porque esperaban heredar algo de su primo millonario y cuando lo tuvieron: el cottage pintoresco de Norfolk y la renta anual para cubrir todos sus gastos le dijeron: adiós querida sobrina, que te vaya bien, buen viaje a Cumbria.

Ella sintió tristeza al recordar ese día, casi habría preferido marcharse con sus tías solteronas a Norfolk, a ese bonito cottage, pero ella rechazó la sugerencia de plano.

"Oh no querida, tú tendrás un tutor y él sí podrá conseguirte un esposo. Nosotras hemos fallado en ello".

Cuando ella preguntó quién tendría la mansión de Saint George ambas se miraron. No lo sabían.

"Supongo que será el testamento, allí dirá qué pasará, pero creo que..."

No estaban seguras. Solo dijeron que los albaceas de su padre alquilarían la casa para poder solventar sus gastos. Pues hasta que ella no se casara no tendría dinero para mantener la casa. ¿No era una locura? Con todos los millones que le había dejado su padre no podía siquiera vivir donde quería. Y luego tenía un tutor, que ella no tenía edad para tener uno. Pronto cumpliría veinte años diantres. Y a los veintiuno podía emanciparse o...

Lloró al pensar en su padre, en su antigua vida. No podía creer que todo eso se hubiera esfumado luego de morir su padre de un ataque al corazón.

Eso también la había dejado desvalida y triste. El médico dijo que hacía tiempo que su padre estaba enfermo del corazón pero que su mal no tenía cura. Sus días estaban contados y él jamás dijo palabra y ella tampoco se dijo cuenta... Su padre se fue de viaje, compró más propiedades, vendió otras y compró muchas tierras como inversión pues dijo que luego valdrían una fortuna.

Jamás supo que su padre estaba enfermo y eso la mortificaba.

—¿Por qué nadie me lo dijo? ¿Por qué mi padre jamás me habló nada de esto? —le preguntó entonces al doctor que fue a atenderle esa noche pero que no pudo salvarle.

El doctor le dijo que lo sentía, su padre ya estaba muerto, pero luego la miró con hondo pesar.

—Seguramente su padre no quiso entristecerla, señorita. Quiso ahorrarle un sufrimiento y además... su enfermedad no era grave. Pudo vivir mucho más. Cuando vino a verme se lo dije. Le hice estudios y le dije que debía cambiar su forma de vida. Evitar andar a caballo y los disgustos. Trabajar menos, pero no me escuchó, quería que todo siguiera igual. Era un hombre de temperamento inquieto, nervioso, y le gustaba beber y disfrutar de la vida. Creo que lo hizo hasta último momento.

El doctor no mentía, al parecer le conocía bien. Su padre era alemán y tenía un genio endiablado y un carácter emocional. Pero vivía para hacer cosas, nunca podía estarse quieto y entonces pensó que no había hecho caso pues él mandaba y hacía lo que quería. Siempre había sido así. Como cuando la cambió de internado al enterarse que una de sus amigas quedó encinta luego de que se enamorara de un misterioso francés que vivía en Suiza. O como cuando decidió que sus parientes franceses no heredarían un penique ni siquiera su tía Josephine... y la llevó a Londres para casarla con el hijo de algún millonario. Pero solo la cortejaron lores y sires y eso lo sacó de quicio. No le caían bien los aristócratas, fueran ricos o pobres, decían que eran buitres y gente muy ociosa que se pasaba el día en el club o en lugares de dudosa reputación o jugando las cartas... Edmund Rostchild hizo un juramento entonces: ninguno de esos lores ociosos tocaría ni un chelín de su herencia. El esposo de su hija debía ser como él: un hombre trabajador y honrado, de intachable reputación, que no tuviera vicios y con una fortuna sólida.

Pedía demasiado.

A ella no le gustaban los hombres así, prefería a los lores, eran más guapos y agradables, atentos.

—Mi padre pudo decirme, debió prepararme...—le dijo entonces al doctor.

Pero el final llegó antes de lo esperado y su padre no siguió las recomendaciones del doctor, aunque debió hacerlo obligado pues en los últimos meses algo había cambiado en él. Ya no era el mismo. Pasaba mucho tiempo acostado y cansado y luego comenzaron a aparecer abogados y personas que no conocía para hacer nuevos negocios. O eso creyó ella. En realidad, luego supo por su tía Helen que su padre había cambiado tres veces el testamento y les había rogado que la cuidaran de los oportunistas.

Luego nombró a un tutor.

Su último capricho tal vez. Nombrar a un viejo amigo para que la cuidara y le buscara pronto un esposo.

Nunca supo que su padre tuviera un amigo en Cumbria, pero no debía sorprenderle, él era un hombre muy sociable y alegre, tenía muchos amigos especialmente en Londres. amigos y socios de nuevos negocios. No tenía mucha amistad con los lores ingleses y se burlaba de sus absurdas tradiciones y su mente conservadora. O quizás odiaba a los aristócratas pues luego de casarse con su madre que era hija de un conde francés empobrecido, su familia le trató siempre con altanería por ser un nuevo rico viéndolo como un inferior y así debía sentirse en Londres donde se lo consideraba un millonario, un nuevo rico sin linaje ni clase. No era francés ni era un palurdo, su padre tenía modales encantadores, pero sabía que muchos se le acercaban por interés y ...

Su padre había pasado gran parte de su vida haciendo nuevos negocios, haciendo cada vez más dinero, su padre aparecía y ella lo recibía con mucha alegría, pero no se quedaba mucho tiempo. Tenía asuntos que atender.

Hasta que decidió llevarla a Londres y prepararla para su gran debut, tenía entonces dieciséis años y no sabía mucho inglés y su padre la obligó a aprender con una institutriz...

Su debut fue un suceso y se convirtió en una de las debutantes más solicitadas de esa temporada, ostentando tener siempre el carné lleno de baile, pero siempre había sentido debilidad por los hombres mayores. Esos que tenían cerca de treinta o más. No le gustaban los muy jóvenes, eran tímidos y estúpidos o unos petulantes.

Se enamoró locamente de un conde esa temporada, un hombre guapo que la cortejó en secreto y quien le dio su primer beso y el asunto iba rápido y viento en popa hasta que su padre se enteró que el tipo estaba arruinado y no era digno de pedir su mano.

Lloró un mes entero por ese caballero a quién su padre tildaba de caballero en ruinas, vulgar oportunista y fantoche y ella tuvo que esconderse para llorar porque realmente pensó que él la amaba y quería convertirla en su esposa. le daba unos besos que...

Su primer amor no pudo terminar de forma más trágica. Con su enamorado espantado como insecto de su mansión y de su vida para siempre.

Y al verla tan triste su padre le compró un pony para que aprendiera a montar y le trajo diez vestidos nuevos de París. Los más hermosos que había tenido jamás.

El pony se convirtió en su mascota. Le daban terror los caballos y sabía que todos se burlaban de ella cuando intentaba subirse al pony. Ese caballo era para los niños decían, una señorita no podía montar un pony, aunque ella no era muy alta y no se notaría tanto.

En Francia jamás había aprendido a montar y no lo hizo en Londres, aunque sabía que era un deporte extendido entre los aristócratas y su padre adoraba montar.

Pero ella no tenía estatura ni aplomo ni tampoco era valiente para subirse a un animal de cuatro patas así que no aprendió a montar y tampoco aprendió a escribir correctamente en inglés. Lo hacía a duras penas y con faltas y sobornaba a su institutriz con regalos para que dijera lo contrario.

"Es un idioma muy difícil señorita Velvet" le dijo un día. Se llamaba así, Ellen Velvet. Qué nombre tan extraño y tonto y sin embargo era increíblemente inteligente y sabía mucho de matemáticas, de historia, de geografía, filosofía y artes, era de esas mujeres que estudian y son aplicadas y lo saben todo.

La señorita Velvet le dijo entonces:

—Usted podría mejorar nuestra lenga si se esforzara un poco, El francés es mucho más difícil y usted lo habla muy bien.

Agnes sonrió.

—Señorita, soy francesa y hablo francés desde niña. Solo me gusta el francés, pero el inglés es un idioma feo y sin gracia. Muy distinto a mi lengua y para mí sí es difícil, aprender cualquier lengua me cuesta mucho creo que no tengo facilidad como dice mi amiga Amelia Carrington.

La señorita Velvet era orgullosa y no le gustaba que le dijera que su idioma era feo.

—Pues el inglés es un idioma muy bello y sencillo, si estudiara y se aplicara…—insistió.

—Nunca fui aplicada en algo que no me gustara, señorita. Lo mismo ocurría en el internado suizo. Allí quisieron enseñarme a ser una señorita de sociedad aprendiendo historia, danza y varias lenguas, pero mis calificaciones solo eran buenas en el baile y en conversación. Pero en las otras disciplinas era un desastre.

Entonces su institutriz le sonrió, pero sabía que era una media sonrisa.

—No es tan importante saber bailar y conversar señorita. Una dama debería poder tener sólidos conocimientos de historia, geografía y de ciencias. Hay tanto para saber y me temo que esos internados son un desperdicio y un gasto inútil de dinero. Educan jóvenes para ser simples muñecas debutantes y no mujeres estudiosas y más listas. Así nunca habrá progreso. ¿No cree que sea injusto que las mujeres de sociedad sean vendidas por su familia a un hombre para que le dé placer, hijos y mejore su reputación? ¿Realmente es lo que desean todas las damas? ¿Casarse y parir hijos hasta desfallecer? ¿No cree que algunas queremos estudiar y hacer algo distintos con nuestras vidas?

El discurso de su institutriz le pareció muy raro y temerario.

—Bueno, no todas las mujeres se casan, algunas son monjas, viudas o solteronas—replicó entonces.

La señorita Velvet movió la cabeza contrariada.

—No me refiero a eso. En París hay mujeres que estudian química, medicina y también leyes. Y muchas trabajan y no necesitan un hombre para sentirse valoradas y protegidas.

Al mencionarle París Agnes se sintió orgullosa.

—Por supuesto, París es la cuna del arte y el progreso, por eso sueño con regresar allí algún día. Francia es el país de la oportunidad y la libertad.

Su institutriz asintió y la jovencita que entonces tenía dieciséis años y hacía unos pocos meses que había llegado a Londres comprendió que la señorita Velvet quería que las mujeres pudieran ser médicos, abogados, y pudieran estudiar ciencia y otras disciplinas con libertad.

—Pero usted es profesora, trabajó en un colegio de señoritas. Usted es muy estudiosa señorita Velvet y es un ejemplo admirable de lo que puede hacer una dama inteligente. Yo no soy como usted. No me gusta estudiar, lo siento... y en realidad sueño con casarme por amor y tener muchos hijos. ¿Cree que eso es tan condenable?

Su institutriz la miró con pena.

—El matrimonio es una prisión, señorita Rostchild. algún día lo sabrá. El matrimonio es algo con lo que sueñan muchas jóvenes de su edad que además sueñan con príncipes y cuentos de hadas y hombres perfectos. Pero luego... luego de casarse comprenden que están atrapadas y que pasan a ser propiedad de un caballero. Que le pertenecen a su marido y ya no podrán ir a ningún lado sin su autorización, ni viajar, ni estudiar, ni hacer nada que sus maridos no aprueben. Pero eso no es lo peor, lo peor es que un esposo se vuelva violento y no trate con el debido respeto a su esposa y esta deba soportarle porque el matrimonio es una condena, es para siempre y si acaso la esposa intenta abandonarle será apresada como un criminal y forzada a regresar junto a su esposo y si acaso algún familiar intenta ayudarla... será enviado a prisión. ¿Sabía usted eso señorita Rostchild?

No, no lo sabía, no sabía nada de la vida.

Peor luego de esa charla se sintió francamente alarmada con el asunto de cómo era el matrimonio en ese país. No existía el divorcio y era para siempre. Así que una mujer debía elegir bien, eso le dijo su institutriz.

Agnes sabía que la señorita Velvet tenía ideas muy atrevidas con respecto a su género, pensaba que las mujeres debían ser una especie de sabelotodo como ella y un día exasperada le dijo:

—Señorita Velvet por favor, los hombres solo buscan una dama bella y de buena dote que sea además una dama educada, no les importa si no saben geografía o historia.

—Quizás para usted señorita, pero sin embargo para mí ha sido muy útil haber ido a una escuela de señoritas donde pude aprender a estudiar y eso me encontró varias colocaciones.

La señorita Velvet era un caso especial, se ganaba la vida enseñando y no tenía esposo por supuesto o no estaría allí trabajando. Era fea al estilo inglés, ojos azules y saltones, cara larga y muy pálida y nariz larga y para peor era flaca y alta como un hombre. Pobrecita. En el reparto de belleza la pobre no había recibido más que algo que nadie apreciaba: su gran inteligencia, su mente despierta y curiosa, su memoria de elefante y una voz de ángel que no combinaba con nada. Es decir, tenía talentos que ningún caballero apreciaba porque era poco agraciada, aunque tal vez hubiera mejorado con vestidos más vivos y un peinado diferente. Pero ese moño apretado de solterona y unas gafas que agrandaban sus ojos no la favorecían para nada.

Y sin embargo tenía un gran corazón pues se quedó a su lado cuando murió su padre y lloró en su entierro y estuvo allí como una amiga de la familia. Más que sus nuevas amigas que solo enviaron tarjetas de condolencias, pero simplemente la abandonaron en el peor momento de su vida.

Su padre le había dejado un legado a la señorita Velvet que no era gran cosa y ella le obsequió una de sus joyas para que la guardara junto a otras que conservaba de sus tías como una huya para los tiempos difíciles. No volvería a verla y ahora la mortificaba no haber sido más generosa con ella.

Pero como otras personas que había conocido en el pasado estaba condenada a esfumarse en el tiempo como un fantasma, como un recuerdo de una época que no regresaría, como sus amigas de internado, como sus amigas de Londres y ahora también su padre.

Lloró al pensar en su padre. Lo había tenido tan poco, toda su vida y tan poco tiempo, de haber sabido...

Ahora solo tenía esa horrible casa embrujada y se preguntaba si tal vez podría fugarse al extranjero, llegar a Francia y tratar de regresar con su tía Josephine y sus primas. Sabía que ella no la rechazaría, no le diría como sus tías alemanas que era demasiado grande y estaba en la edad difícil, estaba segura de ello.

Suspiró y apartó esos tristes recuerdos del pasado mientras se adentraba en el campo y perdía la cuenta de que había caminado demasiado ligero y sin rumbo y al volverse... pues la horrible casa helada no estaba allí, había desaparecido y miró a su alrededor aturdida.

¿Dónde rayos estaba? ¿Y cómo haría para volver si estaba como rodeada de espesa y oscura y vegetación? No tardó en comprender que se había perdido y eso la angustió pues no tenía idea cómo hacer para volver.

Se detuvo y respiró hondo.

Vaya. No sabía dónde estaba. No tenía ni idea. Y eso tal vez fuera bueno. Si se escondía un rato haría que la buscaran y eso irritaría los nervios de todos.

Especialmente de su tutor.

Y no era que eso le importara demasiado.

Era un sujeto raro y antipático. Callado.

Tal vez fue obligado a aceptar o tentado a hacerlo y no quisiera ser tu tutor. Y ella podría intentar fastidiarle y luego... tal vez podía lograr que se hartara de ella en poco tiempo y la enviara a... no tenía idea a dónde.

Siguió caminando algo asustada porque ese paraje verde y gris era ventoso y helado. El sol se había ocultado y habían aparecido unas nubes grises bastante amenazantes y comenzó a lamentar su tontería de no avisar a nadie que saldría. Ahora todos se reirían de ella por haberse perdido y luego estaría horas para lograr encontrar el camino a casa.

De pronto sintió que sus botas se hundían y gritó, estaba en el medio de un lugar lleno de lodo y espesa vegetación y no vio un alma a su alrededor.

No sabía que allí había arenas movedizas, sabía por la señorita Velvet que solo había en una playa de Gales o en otro lugar y sabía que era una aterradora experiencia y que en ciertos lugares de esas islas había sitios donde las personas eran devoradas por el lodo y morían asfixiadas...

Vivió un instante de terror y luego logró salir, pero no supo qué camino tomar y desesperada gritó pidiendo ayuda mientras veía con horror cómo su vestido se llenaba de lodo oscuro como estiércol y ella luchaba por jalar de las faldas y quedaba hecha un completo desastre.

Tuvo la sensación de que pasaban mil años hasta que aparecía un jinete solitario y se acercaba a ella.

Desesperada le hizo señas pidiéndole ayuda.

El jinete se acercó al galope y ella vio que era un ángel de la nada, un joven rubio y guapo a quien conocía bien. Stephen Chapman. El primo de su tutor.

—Señorita Rostchild ¿qué hace usted aquí? ¿Se ha perdido? —le dijo.

—Estoy hundiéndome, no puedo salir, el lodo me devora. Por favor ayúdeme.

—Aguarde, espere, la ayudaré—le dijo el joven y buscó una forma segura de llegar a ella.

Agnes luchó por no caer en el terror, pero se sentía horrible en esos momentos. Tenía los pies y la mitad de las piernas sumergidas en el lodo y sentía que lentamente se hundía un poco más. Vio que su salvador le tendía una rama pues no había tiempo para buscar una cuerda dijo y ella la tomó y él logró sacarla de allí, pero tuvo que arrastrarla y luego la llevó hacia un costado y la alzó en brazos para llevarla a un lugar seguro. Ella lloró al ver su vestido lleno de lodo y de la desesperación de morir ahogada allí. Tal vez hubiera tardado horas o mucho menos.

—Dios mío, ¿por qué nadie me avisó que hay un lugar tan horrible aquí? Pude morir—se quejó llorando.

Él la ayudó a caminar a un lugar más seco para que pudiera descansar un poco.

—Lo siento mucho, señorita, pero no debió salir sola sin un criado. Hay lugares muy inestables ahora por las lluvias que hubo semanas antes de su llegada—le dijo el caballero.

Solo cuando estuvo a salvo y en un lugar firme secó sus lágrimas y le dio las gracias. Aunque luego se quejó.

—¿Por qué hay un pantano en medio de esta mansión? Esto parece ser una trampa para atrapar bandidos. —dijo.

Stephen sonrió levemente.

—En realidad se usó durante muchos años para quienes querían entrar en la propiedad quedaran atrapados. Pero no se ahogan en el lodo a menos que estén mucho tiempo atrapados o la lluvia sea incesante. Por lo general quedan días allí hasta que son descubiertos.

—Pero eso es horrible. Pude morir... si usted no me hubiera visto.

—La vi a la distancia señorita y la seguí, daba un paseo a caballo y por eso pude llegar a tiempo.

Ella vio el caballo del primo del conde atado y suspiró aliviada. Era bueno tener un festejante tan atento en ese horrible lugar, pero la había salvado y se lo agradeció entre lágrimas.

—OH no se preocupe señorita. Es que no debió salir sola, esta zona... nadie viene aquí. Hay un cerco, un letrero en un costado para quienes salen camino de la casa—le respondió él.

—No vi ningún letrero, supongo que me distraje.

—¿Y por qué caminaba con tanta prisa? ¿Acaso pensaba escapar de aquí?

La pregunta era casi ridícula, aunque por momentos lo había pensado sí, estaba muy molesta por tener un tutor y por vivir en esa casa. La casa era fea y hostil y el clima era lo más horrible de todo, ese frío helado, esa humedad constante...

—Por favor ¿y a donde iría sin siquiera una maleta? —le respondió molesta. —No iba a escapar, solo quería caminar un poco, llevo días encerrada.

Él la miró con intensidad.

—Por supuesto, no podría llegar muy lejos y sin embargo cuando la seguí pensé que tal vez tramaba marcharse. La vi muy decidida.

—Pues no iba a escapar, señor Chapman, aunque le confieso que me gustaría. Odio este lugar, es horriblemente helado y... no sé por qué mi padre me hizo esto. Por qué me trajo aquí, supongo que pensó en un buen escondite porque ahora alguien podría intentar raptarme por mi herencia, pero aquí nadie encontraría—se quejó la joven.

Su respuesta lo sorprendió.

—Vaya... entonces sí pensó en escapar. O deseaba hacerlo. No lo haga por favor, mi primo se sentiría muy mal. Él es su tutor ahora y por su seguridad debe quedarse aquí—dijo el joven inquieto.

—No lo haré, porque en realidad no tiene sentido ¿verdad? No tengo a dónde ir. Aunque no dejo de pensar qué hago aquí ni cuánto soportaré quedarme.

—Debe quedarse hasta que mi primo le encuentre un esposo, señorita. Supongo que ya lo sabe. Pero si eso no sucede se quedará igual por un plazo máximo de dos años.

La jovencita tragó saliva y lo miró con sus grandes y tiernos ojos castaños de espesas pestañas y él pensó que cuando se enfurecía era mucho más hermosa pues cuando se enfadaba pues sus mejillas se ponían color rosa y sus ojos emitían destellos adorables.

—¿Y cree que aceptaré casarme con un landlord solo para escapar de aquí? —dijo la damisela francesa.

—Bueno, no tiene que hacerlo por supuesto, nadie la obligará. ... venga, suba, la llevaré en mi caballo.

Ella lo miró espantada viendo cómo desataba a su caballo alto y corpulento color tostado.

—Ni lo sueñe que subiré a esa bestia oscura—le respondió retrocediendo.

—Pero ¿por qué? ¿Qué le sucede?

Agnes se sonrojó.

—Nunca aprendí a montar ni tampoco... no soporto a los caballos, me dan miedo—dijo y él supo que no mentía.

—¿Entonces no sabe montar? ¿por eso vino caminando? —preguntó el joven asombrado.

—No, no sé—insistió ella exasperada.

—¿Su padre nunca le enseñó a montar? Pero en el campo todos saben montar, qué extraño.

—Sí, lo sé, pero en París los caballos los veía en carruajes, de lejos. Yo viví gran parte de mi vida en París y cuando vine aquí mi padre se empecinó en que aprendiera a montar pues las distancias son largas y todo el mundo sabe montar. —suspiró y lo miró —Él me regaló un pony para que aprendiera a montar, pero me daba miedo.

—Entiendo, en la ciudad de París los caballos no se usan tanto como en el campo. Pero no tendrá que montar, yo la llevaré señorita, solo tiene que sentarse de costado. Yo la ayudo.

La jovencita se alejó espantada.

—Gracias, pero prefiero ir andando—dijo.

Él joven aceptó su respuesta y tomó su caballo y regresaron caminando. Ella lloraba al ver sus botines preciosos de cuero llenos de lodo y su vestido uno de sus vestidos más bonitos para dar paseos campestres se había arruinado, estaba segura. Y para colmo de males ese joven la miraba con suspicacia sin perderla de vista. Aunque se sentía agradecida de que la hubiera salvado de ese horrible foso de lodo, temía que le contara a su tutor.

—Por favor, no diga nada que me vio intentado escapar. No es verdad y además su primo se enfadará conmigo.

Stephen se puso serio.

—Tranquila, no diré nada, solo que al verla llegar así todos sabrán que tuvo un accidente, señorita. ¿Qué dirá entonces? Mejor diga la verdad porque todos verán que llegó conmigo.

Ella tragó saliva y pensó que debía inventar una historia para no perjudicar al señor Chapman y luego pensaran cosas que no eran.

Pero cuando finalmente llegaron a la casa corrió a su habitación para asearse y lo habría logrado si no fuera porque fue interceptada por el ama de llaves, esa mujer flacucha y de mirada maligna y no estaba sola, su señoría el conde la acompañaba y tenía cara de pocos amigos.

—Señorita Rostchild. ¿dónde estaba usted? Llevo horas buscándola. ¿Qué demonios...? —dijo furioso y molesto al verla llegar en tan lamentable estado.

Stephen no estaba para defenderla, estaba sola y la vieron llegar con la falda llena de barro y el cabello sin su sombrero.

—Lo siento—murmuró. —Es que fui a dar un paseo y tropecé con el lodo, me encontré con un lugar horrible y comencé a gritar. No sabía que había pantanos en el medio de su propiedad—agregó al borde de las lágrimas.

—¿Fue hasta el pantano? —su tutor la miró horrorizado—pudo morir ahogada por el lodo. ¿Cómo diantres llegó tan lejos y cómo hizo para salir de allí?

La segunda pregunta parecía interesarle más que la primera.

—Llegué por error, ya le dije, me distraje. Suelo caminar ligero y necesitaba hacer ejercicio. Llevo días encerrada aquí y eso no es bueno para mi salud ni para mi talle. Creo que he engordado unas libras por estar tanto tiempo sentada—se quejó. —Por suerte su primo me encontró y me ayudó a salir de ese horrible pantano sana y salva.

Su mirada cambió, sus ojos grises brillaron de repente.

—Por favor, señorita, no vuelva a hacer esto. Tuvo suerte esta vez porque mi primo estaba cerca, pero. Si desea dar un paseo matinal al menos avise a su doncella y hágalo escoltada. Este lugar está lleno de peligros. En el silencio de ese parque tan encantador han ocurrido desgracias y no querrá sufrir una—le dijo el conde —Venga conmigo por favor. Acompáñeme.

—¿Y cree que puedo salir de aquí con estas ropas? Por favor, deje que me cambie al menos. Mi vestido se ha arruinado.

El ama de llaves miró sus zapatos con un gesto de desprecio y Agnes estaba cada vez más tensa y furiosa, tanto que no sabía si gritar o llorar.

—Está bien, puede cambiarse y luego preséntese en la biblioteca. Estaré esperándola allí, señorita.

Ella se alejó molesta y cuando entró en su habitación tuvo que soportar que el ama de llaves le preguntara a dónde había ido y le echara un pequeño sermón.

—Por favor, necesito agua caliente—dijo Agnes—y ropa limpia para cambiarme ahora.

—Allí está el cordel, avise a las criadas—le respondió el ama de llaves.

No movió un dedo para ayudarla, y la joven tuvo que esperar la llegada de dos criadas con agua caliente para el aseo.

Fue un día horrible para ella y por si fuera poco tuvo que vérselas con su tutor más tarde quién la citó en la biblioteca para decirle que sería castigada por lo que había hecho ese día.

Ella lo miró incrédula.

—No fue mi culpa, no sabía que aquí había un horrible foso de lodo, se lo juro. No puede culparme de ello—dijo enrojeciendo.

—Pues ahora lo sabe. Supongo que trataba de fugarse o de ponerme los nervios de punta—le respondió su tutor impasible.

Agnes lo negó, pero se mantuvo cauta. De nada servía que se mostrara rebelde y atrevida ahora. La trataban como a una niña. Una niña que había hecho una travesura y debía ser castigada.

—Mi primo dijo que la vio caminar por la pradera y la siguió pues notó que se dirigía al pantano sin darse cuenta—dijo de pronto su tutor. Al parecer también interrogado a su primo.

—Es verdad, su primo me salvó y se lo agradezco, pero no tuve intención alguna de escapar, lord Hastings, se lo juro.

—Pues lamento tener que castigarla. Soy responsable no solo de buscarle un esposo sino de su cuidado y bienestar. Y también que no sufra ninguna desgracia pues si algo malo le sucede será mi responsabilidad.

Estaba molesto, sus ojos grises echaban chispas.

—Puede retirarse ahora y recuerde lo que le dije. Espero que esto no vuelva a pasar.

—¿Entonces me dejará encerrada como si fuera una niña? —dijo ella incrédula.

—No la dejaré encerrada, solo que no podrá abandonar la casa por una semana. Deberá quedarse aquí y cultivar su mente con lecturas o realizar alguna tarea que le agrade, pero no la dejaré salir por una semana y cuando pueda hacerlo avisará y llevará compañía. Dos criados como mínimo.

—Pensé que estaría a salvo aquí. ¿De qué peligros habla Monsieur? Pensé que se refería al pantano, pero...—respondió ella.

—Esta propiedad es inmensa señorita, tengo criados solo para vigilar los alrededores y han ocurrido sucesos desafortunados a las hijas de mis arrendatarios. Jovencitas que salen a pasear los días de sol y han sido dañadas por algún bandido que no hemos podido todavía encontrar. No querrá que lo mismo le pase a usted.

Ella lo miró incrédula. Había oído esa historia antes. Sus tías solteronas la asustaban con eso. Le decían que si aceptaba dar paseos a los jardines con sus festejantes como lo hizo en un par de ocasiones terminaría deshonrada y con un bebé en la barriga. Que nunca debía aceptar dar paseos con esos caballeros porque en los jardines ocurrían de las elegantes mansiones muchas jóvenes eran besadas y también forzadas por trúhanes.

Nunca vio algo así. Y no entendía por qué la asustaba con eso. En Inglaterra los hombres eran verdaderos caballeros y a las fiestas no iba cualquier bribón. Eso era cosa de malandrines y pilletes del West End. El único daño que sufrió cuando aceptó jugar al laberinto fue tener que besar a un heredero del sur porque no pudo encontrar la salida y él dijo que la ayudaría a salir si cumplía una prenda. Ella aceptó sin saber lo que le esperaba. Le ordenó cerrar los ojos y luego le pidió un beso.

Con los ojos cerrados se puso colorada y luego lo miró. Él sonreía con su cara de anchas quijadas y ojos verdes de pícaros.

—No voy a besarle sir Brighton—le dijo ella entonces.

—Entonces no la dejaré salir de aquí. No querrá quedarse cuando se apaguen las luces. Sentirá verdadero terror—se jactó el heredero del duque.

—Un verdadero caballero jamás le pediría eso a una dama. Es un descarado.

Era un joven guapo, un heredero codiciado que la cortejaba, pero no pensaba que le haría eso. Un beso debía ser deseado, provocado... ya la habían besado antes, pero al menos ella había querido y fueron besos fugaces. Odiaba verse obligada a besar a un hombre solo por una estúpida prenda.

—No soy un típico caballero de Londres señorita, soy un sajón. Y los sajones tomamos siempre lo que deseamos—le dijo él con insolencia.

—Pues no lo besaré.

Pero tuvo que hacerlo pues amenazó con dejarla sola allí. Le dio un beso tímido y él le robó otro descarado. Un beso de amantes como jamás imaginó que un caballero educado le daría. Le robó ese beso mientras la abrazaba y apretaba y ella luchaba con todas sus fuerzas por escapar.

Luego de ese beso ese joven comenzó a cortejarla, a perseguirla porque quería besarla de nuevo y ella escapaba de él, corría y huía como si viera al diablo y él furioso y despechado amenazó con contarle a todos que la había besado. Eso arruinaría su reputación y lo sabía, así que tuvo que bailar con él cuando se lo pidió y luego dejar que la besara tres veces más, a escondidas en las habitaciones de arriba de la mansión de lady Ashfield. Y entonces una dama que buscaba el tocador entró y los vio y Agnes tuvo que soportar una horrible reprimenda de su padre al día siguiente. Todos lo supieron, pensaron que ninguna joven decente se besaba a escondidas con un caballero soltero que además al parecer estaba comprometido con otra. Fue su ruina por eso no pudo casarse ni pensar en buscar un esposo.

Cuando su padre supo la verdad se enfureció, cuando supo que ese joven la había chantajeado dijo que lo lamentaría.

Pero no había nada que hacer.

Él se sentía defraudado.

—Debiste contarme, Agnes, debiste decirme que ese joven os molestaba por un beso robado. Pero no te preocupes, el año próximo te llevaré a Londres y allí nadie sabe de estos cotilleos de gente de campo. Allí podré buscarte un esposo.

Su padre pensaba que todo se olvidaría. Pero ella no podía olvidar al joven que la había besado y atormentado y que luego supo que su familia quería casarlo con lady Evie Roushton. Era un maldito seductor que debía despreciarla por no ser una lady Agnes o algo así. Se sintió llena de odio entonces.

—Señorita Rostchild—la voz de su tutor la despertó de sus recuerdos.

Ella lo miró desconcertada pues había dejado de escucharle hacía rato.

—Puede retirarse—le dijo el conde. —Espero que recuerde mis advertencias.

Al parecer le había dicho algo más, pero ella se había distraído con recuerdos.

La joven abandonó la biblioteca aliviada. Estaba molesta por todo lo que había generado un simple paseo matinal. Cuánta necedad y prepotencia. Y él debió recibir mucho dinero para cuidarla, además. Pudo al menos ser más condescendiente y entender que solo se había perdido por no conocer el lugar y nada más. Pero allí estaba: una semana castigada sin poder salir de esa horrible casa

****

Todos los días despertaba llorando pues tenía sueños tristes e inquietante y al despertar no sabía dónde estaba y pensaba cuántos días faltaban para que la dejara salir.

Aunque durante el día participaba del almuerzo y cena por mera obligación y también porque tenía ocasión de abandonar su cuarto pronto también comenzó a sentirse desanimada al tener que soportar la presencia de esos amigos solterones y ahora un par de tías solteronas con la encomiable tarea de buscarle marido y decidir a qué fiesta podía ir.

Pues ella no quería ir a ninguna fiesta, porque no tenía planeado casarse con un inglés uno de esos land-lords y mudarse a esa tierra helada del norte. Pero tuvo que soportar la compañía y charla incesante de esas dos damas: lady Bert y lady Espeth.

En cuanto las vio entrar a la mansión ese día luego de descender del carruaje no pudo contener la risa porque ambas eran dos criaturas rollizas y se esmeraban bastante por disimularlo, pero su vestido siempre estaba levantado y su torso a punto de explotar mientras sus rostros blancuzcos y mofletudos sudaban profusamente siempre. Acaloradas o incómodas quizás por llevar un corsé ajustados se esmeraban por ser simpáticas con ella y charlaban hasta por los codos las dos. Como dos hurracas, una hablaba y la otra asentía, una comenzaba la frase y la segunda la terminaba.

Al comienzo no les entendió una palabra hasta que su tutor amablemente le tradujo la conversación de forma resumida: ellas eran sus primas lady Bert y lady Espeth y habían ido con la agradable tarea de escoltarla a fiestas y serían como sus chaperonas.

La jovencita intentó ser cordial y soportarlas, pero por momentos quedaba sumida en sus pensamientos y solo fingía entender lo que decían y asentía con la cabeza cada tanto para que no la juzgaran descortés.

Luego miraba a su tutor y se preguntaba qué pretendientes podrían encontrarles ese par, a qué fiestas horribles la llevarían: fiestas de campo, similares a las tertulias de esos días, pero con personas simples y de modales rústicos.

Le parecía ridículo y una completa pérdida de tiempo. Ella que había conocido a los herederos más codiciados de Londres y había alternado con lores y personas emparentadas con la realeza ¿ahora debía hacer amistad con hombres como esos? ¿Y escoger un esposo? ¡Jamás!

Y una mañana exasperada de tener que soportar la cháchara de esa dupla de solteronas se alejó de ellas y habló con su tutor bastante molesta pues sabía que estaban planeando llevarla a una fiesta no sabía en dónde porque no había entendido ni la mitad de la conversación y pensaba que sería un desastre.

Impaciente fue a reunirse con su tutor en la sala de villar, donde sabía estaría con sus amigos solterones ese día.

Y allí estaba por supuesto el caballero, muy alegre disfrutando de ese juego de pelotas tan extraño con unas varas largas. La bola giraba de un lado a otro en una mesa, era pequeña y blanca y se impulsaba con esos palos largos que debían ser sujetados con cierta destreza al parecer. Un juego novedoso al parecer, lo había visto antes pero no podía recordar dónde.

Al verla entrar se hizo un respetable silencio. Todos se detuvieron al instante y la saludaron.

—Lord Hastings, necesito hablar con usted.

El caballero la miró sin ocultar su desconcierto y sorpresa.

—¿Sucedió algo, señorita Agnes?

Ella lo miró inquieta.

—Necesito hablarle ahora, por favor.

Sonaba algo impertinente, pero él no dijo algo elegante para salir del paso, sino que se detuvo y la miró y dijo que iría en un momento.

Agnes se quedó dónde estaba y lo esperó.

Pero él se tomó su tiempo y terminó su partida haciendo que su tensión aumentara.

Cuando el conde estuvo disponible la joven francesa tenía las mejillas encendidas y estaba allí esperándole.

—¿Qué sucede, señorita? ¿Por qué está tan nerviosa esta mañana? Algo le ha pasado, no lo niegue.

—¿Podríamos hablar en privado por favor? ¿En un lugar más tranquilo que éste?

—Sí, por supuesto.

Ella lo llevó aparte y finalmente fueron a su biblioteca.

No quería que esas hurracas escucharan lo que tenía que decirle.

—Lord Hastings, tengo algo importante que decirle—empezó. —No puedo entender lo que hablan sus tías, pero por lo que sé están tramando llevarme a fiestas de aquí para presentarme a sus amistades.

No quiso usar la palabra "festejantes".

El conde la miró sorprendido de su reclamo y esperó paciente a que le dijera qué rayos estaba pasando.

—No puedo entender a sus amigos a veces, y no iré a ninguna fiesta donde no podré mantener una conversación con nadie.

Él sonrió levemente.

—Bueno, lo entiendo. A veces el acento varía en esta zona, pero usted habla inglés correctamente. Como usted diga, señorita. No la obligaré, pero quiero que al menos valore que mis parientas tienen la mejor de las intenciones y están firmemente convencidas de que podrían encontrarle un esposo pronto si usted fuera menos rebelde y más tolerante por supuesto.

—Señor Hastings, comprendo que su deber es cuidarme y buscarme un marido pronto pero no tengo intención de casarme ahora. Solo quisiera ver a mis abogados y pedirles una parte del legado. Me han dejado aquí sin un chelín y luego de pensar en todo esto... me parece muy extraño.

—¿No le dejaron dinero ni tampoco le avisaron cuándo cobraría esa renta semestral? Su padre le dejó algo estipulado. Yo leí el testamento, pero ahora no lo recuerdo.

—Me dejó una renta y la finca de Londres. es una mansión hermosa. Y tengo dudas... Me pregunto por qué me envió aquí. Me pregunto si hubo algún error en su testamento.

—¿Un error?

La joven asintió.

—Jamás mencionó que estaba enfermo del corazón como me dijo luego su doctor ni tampoco que había cambiado su testamento. Él estaba muy ocupado comprando siempre propiedades y construyendo hoteles para los turistas. Muchos quedaron a medio construir y alguien debe encargarse.

—Bueno, no sé qué negocios tenía su padre entonces.

—¿Usted conoció a mi padre? ¿Era su amigo, lord Hastings?

—MI padre era amigo de su padre, señorita. Yo solo lo vi una vez en Londres cuando fui una temporada con mi esposa.

—¿Y por qué le nombró mi tutor si apenas le conocía? ¿No le sorprendió a usted?

—Nombró tutor a mi padre. Él era su amigo y solicitó que en caso de que él no pudiera aceptar lo hiciera su hijo.

—Es muy extraño ¿no cree?

—Bueno, al parecer usted no tenía familiares, ¿verdad?

—Tengo unas tías en Norfolk y también parientes en Francia. Ellas debieron cuidarme, no sé por qué no lo hicieron.

—Se negaron a hacerlo o eso dijeron sus abogados, señorita. Y su padre pensó que estaría a salvo aquí.

—¿A salvo en este rincón helado? ¿A salvo de qué? Ya no soy una niña, lord Hastings. Puedo cuidarme sola y exijo que me lleve a Londres pues creo que merezco una explicación más convincente que esta. Me trajeron aquí a la fuerza por mi propio bien pues dijeron que mi padre tenía enemigos y podían hacerme daño, pero eso me suena ahora a cuento chino. Pero entonces recién había perdido a mi padre y estaba aturdida—confesó la joven.

—Señorita usted no es una niña, pero no tiene familia ni tiene un esposo. Por supuesto que necesita que cuiden de usted. ¿Acaso desea vivir sola en Londres?

—No... solo quiero viajar a Francia y reunirme con mi tía y mis primas. Con la tía que me crio, Lord Hastings. Ella tiene una villa inmensa en París, y estoy segura de que me recibiría.

—Pero no puedo permitirlo. Soy su tutor y firmé ese testamento, acepté esa responsabilidad y debo cuidar de usted hasta que llegue a la mayoría edad o pueda casarse—su tutor la miró alarmado.

—Eso lo entiendo, pero tal vez pueda haber algún cambio. No quiero casarme con un inglés lord Hastings, no quiero vivir en un lugar tan agreste y helado como este. Usted no puede obligarme.

Él la miró sorprendido, como si no esperaba que la conversación tomara ese rumbo. Parecía asustado más que enfadado, sorprendido.

—Está bien, al parecer usted se niega a que cumpla con mi tarea. No quiere saber de nada con casarse con un campesino de estas tierras, pues así nos considera a todos. Vaya... vivió solo tres años en Londres, pero adquirió usted el acento y también todas las mañas de los londinenses. Su altanería y sus prejuicios principalmente.

—Pues no soy altanera ni tampoco tengo prejuicios. Pero usted habla diferente, habla de forma más fina y comprensible. A usted sí le entiendo, pero a sus amigos y sus parientes es otro cantar. Pero no es por eso, solo que no estoy preparada para casarme ni tampoco quiero ser obligada a escoger como si fuera de vida o muerte.

—¿Y usted sabe leer correctamente en inglés? Pues las novelas que lee son en francés.

Agnes tragó saliva.

—No leo muy bien, milord, ni tampoco escribo de forma correcta y me avergüenza, pero...

—¿Pero su padre no contrató ningún profesor ni institutriz? ¿Nunca supo que no sabía leer nuestra lengua ni escribirla ni tampoco entender los distintos acentos?

Ella lo miró avergonzada. Había sobornado a su vieja institutriz con dinero y regalos para que no hablara de sus escasos progresos. Al principio la joven se negó porque era orgullosa, pero ella terminó convenciéndola.

—Sí, lo hizo, contrató a una institutriz que era brillante la señorita Velvet, pero siempre me dio mucha dificultad aprender su idioma y mi padre no lo sabía... pero no hice muchos progresos.

—Bueno, podría enseñarle si quiere para que no pase vergüenza en el futuro.

Agnes sintió un calor invadir todo su rostro mientras observaba la mirada burlona de ese inglés guapo y gentil que quizás solo quería ayudarla, pero a ella le dio pudor aceptar.

—Estoy algo grande para que traiga aquí una gobernanta sir, ya tengo bastante con sus parientas que quieren cuidarme como si fuera una niñita.

—OH vaya... ¿y qué quiere hacer entonces? Usted no parece tener interés en que nadie la cuide ni... es mi trabajo, es mi deber y usted hace todo por sabotear mis planes.

—No piense eso por favor, no es su culpa... a usted también lo obligaron a ser mi tutor y solo tiene unos años más que yo. No demasiados.

Él levantó la quijada, molesto.

—Señorita tengo algunos años más que usted, bastantes. Treinta y dos.

—Vaya, creí que era más joven. Bueno, solo tiene trece años más.

—No es solo la edad señorita, es la madurez, es la forma de actuar y resolver los problemas. Usted actúa como una niña consentida que hace planes osados de viajar a Francia y tratar de cambiar el testamento de su padre para que yo no sea más su tutor.

—No dije eso, pero creo que tal vez haya un error.

—¿Un error? ¿Así me considera usted?

—No...vaya. No lo tome así. Apenas le conozco y no quiero que piense que... Disculpe, no quiero ser descortés ni ofenderle, pero tal vez haya otro testamento en el que heredo todo y puedo disponer de mis bienes sin un tutor o sin exigencias.

—¿Cree que existe otro testamento? ¿Cree que el testamento del doctor Norton y Andrews es falso?

—Tal vez. Me parece extraño que yo sea su heredera y no tenga nada y me obliguen a quedarme aquí hasta casarme o llegar a la mayoría de edad donde solo dispondré de una parte del dinero. Quisiera saber si ese testamento fue correctamente legalizado pues el otro día escuché una conversación entre su primo y otro caballero. El doctor Ackerman y me pregunto si ...

—Ya veo, usted tiene dudas al respecto. Teme ser estafada por los abogados de su padre. Pues supongo que eran los abogados de su padre.

Ella se mostró dudosa.

—No lo sé en realidad, lord Hastings. Pues a diario llegaban a la mansión sus socios, empleados, amigos, abogados, notarios.... Eran tantos y él siempre tenía documentos que firmar. No sabría decirle si esos abogados eran los de mi padre y gozaban de su total confianza pues le confieso que nunca estuve presente en sus negocios, cuando realizaba negocios. Solo sé que tuvo problemas cuando se dedicó a comprar tierras porque muchos nobles se opusieron.

—Bueno, entiendo lo que dice. Está en su derecho de investigar este asunto. Escribiré en su nombre una carta a sus abogados.

—¿Acaso no podría llevarme a Londres? Una carta no sería suficiente.

—Señorita, estamos en invierno, la nieve nos dejará aislados en unas semanas. No es un buen momento para viajar, pero le pediré a sus abogados que nos hagan una visita o envíen una copia del testamento legalizado para que usted tenga la tranquilidad que todo se ha hecho como su padre quería.

La charla había terminado y Agnes se alejó molesta pues nada había salido como esperaba y se preguntó qué pasaría si el testamento era el verdadero o por el contrario todo habría sido una horrible jugada para despojarla de todo.

Su padre siempre tuvo miedo a morir y dejarla desamparada, lo había notado muy raro esos días antes de morir y antes de eso. Siempre recibía muchas cartas y no se las daba al señor Ronin su asistente. Las leía él con sus gafas y una vez vio que tiraba una de esas cartas al fuego.

Ahora que lo pensaba algo debía atormentarlo entonces. O un negocio que había salido mal o algo más profundo. Su enfermedad al corazón de la que nunca habló y que disimuló muy bien pues siempre estaba alegre y activo.

Y ella estaba en su mundo de niña mimada feliz de estar de nuevo en Londres lejos del escándalo de Brighton donde todos sabían que era una joven atrevida que se besaba con un caballero a escondidas.

Nunca imaginó que su mundo cambiaría tanto de repente.

Y jamás imaginó que terminaría en Cumbria, con un tutor que solo le llevaba trece años.

Tal vez su padre pensó que ese caballero podía enamorarla y luego todo tendría un final feliz. Por eso lo eligió como su tutor.

Sin embargo, eso no la convencía, nada la convencía en esos momentos.

¿Y si el testamento era falso, si esos rufianes de Londres estaban tratando de desplumarla y robarle toda la fortuna mientras fingían hacer lo contrario?

Trató de no pensar en eso. Su tutor al menos averiguaría qué había pasado y eso ya era algo.

****

Los días siguientes recibieron visitas, pero ella se mantuvo apartada.

Echaba de menos recibir las cartas de sus amigas y esperaba que todos los días llegara el correo, pero cada vez que preguntaba el ama de llaves o la criada que repartía la correspondencia meneaba la cabeza.

Eso la entristecía bastante.

—Señorita, el correo demora en llegar, pero no se desanime, pronto tendrá respuestas—le dijo el ama de llaves con una sonrisa enigmática que no presagiaba nada bueno.

Era una mujer rígida, y bastante fea con ese moño ralo de cabello gris y esa mirada oscura y maligna. Parecía una bruja o un espectro pues iba de un sitio a otro como un fantasma sin hacer ruido y sabía todo de los habitantes de esa mansión embrujada estaba segura. Y sabía que estaba impaciente por recibir alguna carta y parecía disfrutar al ver su frustración.

—¿Y cuánto cree que tardaré en recibir una respuesta?

Su pregunta pareció tomarle por sorpresa.

—Semanas, quizás meses. El correo es rápido a veces, pero últimamente se ha vuelto lento.

—Bueno, les escribí a los abogados de Londres días después de llegar y no he tenido respuesta.

—Es normal... lleva aquí menos de un mes.

Tenía razón, hacía tres semanas que había llegado y tenía la sensación de que llevaba meses, años. El tiempo allí era lento y aunque ya no estaba castigada no sentía deseos de salir sabiendo que un pantano horrible podía tragársela.

Además, hacía frío y siempre llovía o estaba nublado. El paisaje era tan lúgubre y gris que prefería quedarse en la casa leyendo, aunque extrañaba sus caminatas matinales, pero casi se había acostumbrado a ese encierro, aunque por momentos se desesperaba.

Estaba casi todo el día encerrada y no podía hacer nada más que leer o intentar bordar algún mantel o servilleta.

Solo salía cuando había invitados y eso era al anochecer.

Pero no hablaba con ellos, se mostraba distante y altiva. Tampoco le hablaba a su tutor solo si él le dirigía la palabra.

Se preguntó por qué tardaba tanto el abogado en llegar a la mansión y averiguar si ese testamento era verdadero. No sería sencillo saberlo por supuesto, pero ...

Agnes empezó a temer que ese hombre no hiciera nada. Pues ¿por qué la ayudaría? Solo quería cumplir con su deber y deshacerse de ella lo antes posible y entregarla a uno de sus parientes pobres seguramente para que al menos recibiera algo de dinero a cambio de llevarse a esa niña malcriada de su vida para siempre. No la soportaba, y era mutuo, ella tampoco soportaba a ese hombre inglés de campo con ese carácter de fiera indomable acostumbrado a salirse siempre con la suya y también tan obsesionado por hacer lo correcto. Y lo correcto para él era: bueno, esta niña mimada y atolondrada debe tener un esposo que cuide de ella.

Y por supuesto que no esperaba colaborar con ello. Solo esperaba poder escaparse, pero sabía que había cometido la torpeza de decirle que planeaba huir a Francia y eso lo había vuelto más alerta.

Aunque de pronto comprendió que sería imposible abandonar esa mansión. La vigilaban día y noche, como si fuera una rehén una niña malcriada y problemática que estaba lista a escaparse.

Tragó saliva y lloró al recordar el sueño que había tenido mientras se incorporaba de la cama o lo intentaba pues un nuevo día comenzaba.

Sintió frío y pensó que la habitación siempre estaba helada y tiró del cordel.

El clima de ese lugar era horrible como los mismos habitantes de la mansión: hostiles, malhumorados y de torvos semblantes. El tiempo allí era igualmente helado y muy desagradable. Y nunca tenían el gesto de encender la estufa hasta caldear un poco la habitación, no, ella tenía que reclamar y esperar horas interminables.

Siempre tenía frío y lloraba porque extrañaba su antigua vida, a su padre, y a esas fiestas y a sus antiguas amigas y ahora se sentía triste porque había soñado que estaba de nuevo en la mansión con sus tías solteronas. Nunca pensó que las echaría tanto de menos. También extrañaba a su padre, lo había tenido tan poco tiempo...

Se preguntó si ese día habría alguna carta para ella.

Un sonido en la puerta la inquietó.

Era esa criada gorda de ojos muy saltones que la miraba con fijeza llamada Meg. Había llegado más rápido de lo esperado y portaba una bandeja con alimentos.

—Buenos días, señorita, al fin despierta. Son más de las diez. Debería estar ya levantada—dijo mientras depositaba la bandeja en una mesita del costado.

Ella miró a la criada con furia. ¿Cómo se atrevía a hablarle, así como si fuera una sirvienta?

—¿Y a qué hora debería levantarme? —replicó.

—A las ocho y media señorita. Lo siento, son órdenes del conde. Debe levantarse temprano y dormirse temprano. No es bueno que se quede hasta tarde leyendo.

—¿Así que ahora deberé levantarme antes? ¿Por órdenes del conde? Bueno, olvide el desayuno, esta habitación está helada. Voy a morir de frío aquí.

La criada la miró nada conmovida, pero al menos le prendió la estufa y luego tiró del cordel para que otra criada aseara la habitación cuanto antes.

—¿Ha llegado alguna carta?

Meg la miró con sus ojos de huevo duro.

—No señorita. Lo siento, en cuanto haya novedades le avisaré.

—¿Y el abogado no ha llegado?

—¿Qué abogado? No comprendo.

—El abogado que vendría... olvídelo, le preguntaré al señor Hastings.

La doncella no hizo más preguntas y se retiró.

Fue un día extraño para la joven francesa. Primero le avisaron que había invitados ese día por ser sábado y se esperaba su presencia durante el almuerzo y a media tarde pues el señor de la mansión recibía a sus parientes y vecinos y se quedaban a pasar el día prácticamente.

No había nada molesto que tener que sociabilizar cuando no deseaba hacerlo y miró su tutor con gesto torvo cuando le ordenó sentarse a su diestra durante el almuerzo. Eso fue inesperado, pero luego pensó que lo hacía para que fuera visible para sus pretendientes o simplemente quería enseñarle a su cautiva, pues eso era en esa casa. La presentó como la señorita Agnes Dumont, una parienta francesa de su esposa y notó que todos la miraban con creciente curiosidad.

Como hablaba con acento no fue difícil hacerse pasar por la sobrina de la difunta condesa.

A la distancia vio la mirada atenta del señor Chapman, ese joven había regresado y la miraba como si fuera una criatura hermosa. Luego de ese incidente en los jardines él se había mantenido apartado es verdad, pero no dejaba de mirarla con creciente interés. Ella le gustaba, le gustaba mucho y la seguía con la mirada. Y él también le agradaba.

Y era un hombre guapo y fuerte. Aunque lo vio al llegar a la mansión el día que ocurrió el incidente había notado que era alto y fuerte. Le gustaban sus piernas, eran largas y atléticas al igual que su espalda ancha. Le gustaba mucho cazar y eso le desagradaba, pero le caía bien. Era un joven educado y agradable que hablaba como un caballero de Londres, además.

Solo que no sabía si la espiaba para ayudar a su primo o la miraba por su cuenta. Quizás solo quería ganarse su interés para luego sonsacarle cosas.

Pensar en eso la inquietó bastante. Ciertamente que no lo había pensado, creía que ella le gustaba, pero tampoco se sentía segura.

Se sonrojó ante su mirada insistente y por toda la situación en general.

Solo quería regresar a su habitación y escapar.

Odiaba ser exhibida ante esos campesinos con apariencia de lores. Sus voces eran estridentes y no había ninguno agraciado, solo Stephen y su tutor eran la excepción. Eran diferentes pero bueno, tampoco pensaba casarse con ninguno de los dos...Pensó disgustada mientras probaba esa carne asada bastante rica.

Si ella necesitaba un marido pues ese hombre necesitaba una esposa. Esa mansión necesitaba una dama, las mujeres eran las más adecuadas para organizar fiestas y reuniones y decidir qué mueble iba en cada lugar y qué comida debía servirse y sin una dama, esa casa parecía un barco a la deriva. Una señora habría puesto en vereda a la atrevida e ineficiente ama de llaves que organizaba todo a su antojo y lo hacía mal. Había días en que la comida era un completo desastre y no era culpa de la cocinera, porque la cocinera solo recibía órdenes de esa mujer autoritaria y olvidadiza que mezclaba platos hasta convertirlos en un verdadero desastre.

No sabía cómo su tutor la soportaba. O por qué lo hacía. ¿Sería la criada de su fallecida esposa o sería su antigua nana? Sabía que los caballeros siempre conservaban a sus viejas nanas como gesto de afecto por haberles cuidado.

Ahora también había damas y notó con cierto interés que había dos jovencitas casaderas lanzando largas miradas a su tutor, buscando llamar su atención de cierta forma.

Vaya osadía.

Ni siquiera eran guapas. Una era como una joven típicamente inglesa, rubia, de cara redonda y aire impasible. Joven obediente y algo boba. Como sus antiguas amigas de Londres. Pálida. Y la otra era una pelirroja con la cara picada en pecas.

Sin embargo, su tutor miraba a la joven rubia y regordeta y conversaba con ella y se preguntó si no habría un flirt entre ambos, pues luego del almuerzo se alejaron para conversar y la joven tocó el piano y él se sentó cerca para admirarla.

Agnes se quedó allí tiesta molesta. Y sin saber qué hacer, pensó en marcharse pues todos se alejaban para beber oporto conversar y la idea de que su tutor buscara una esposa la crispaba horriblemente. ¿De veras? ¿Una joven que ni siquiera era guapa y además era visiblemente rolliza?

Tragó saliva y con ella su furia. No pudo beber oporto ni comer demasiado. Estaba muy tensa y nerviosa ese día y solo quería salir corriendo.

—Señorita Rostchild. ¿Cómo ha estado? —le preguntó una voz.

Dio un respingo, nerviosa pues frente a ella estaba Stephen Chapman, el joven rubio y simpático primo de su señoría. Tenía en su mano una copa de vino y la miraba embobado.

—Bien, gracias... ¿cómo está usted? Disculpe... creo que no le agradecí el otro día por haberme salvado del pantano.

—Sí, lo hizo, no se preocupe. No fue nada.

Un sirviente le acercó una copa de oporto y ella tomó una porque estaba nerviosa y se alejó rumbo a otra sala para no oír ese piano ni esa voz desafinada. El joven lord la siguió como su sombra.

—¿Disculpe, puedo sentarme a su lado? —le preguntó él al ver que se alejaba y se sentaba en el salón contiguo en busca de más tranquilidad y menos personas.

—Sí, claro, por favor.

—Señorita, mi primo dijo que usted tiene dudas sobre el testamento de su padre.

Vaya, cómo volaban las noticias, ahora ese joven guapo se había enterado de la conversación que tuvo con su primo.

—Es verdad, tengo dudas. Mi padre nunca mencionó que estuviera buscando un tutor. Jamás lo mencionó, pero eso no es todo.

—Bueno, pues debo confesarle que yo estaba presente cuando llegaron los abogados de su padre, señorita. Yo soy abogado además y por eso quise leer el documento antes de darle mi parecer.

—¿Es usted abogado? ¿Pero qué hace aquí? Debería estar en Londres.

No podía creerlo, ese joven no parecía abogado sino un pianista, un artista o escritor de novelas. Parecía tan alegre y bohemio.

Pero las apariencias engañaban como decía el refrán.

—Estuve en Londres, viví un tiempo luego de recibirme, pero luego de morir mi madre regresé y ahora que mi padre no está debo quedarme y atender mi herencia señorita. Todo ha cambiado de repente—le respondió el joven.

—OH, lo siento mucho, no lo sabía.

Él asintió y lo vio apretar los labios en un gesto de pena y cierta resignación.

—Mis padres eran muy mayores cuando me tuvieron. No tuve hermanos y mi sueño era ser abogado. Pero luego me llevé algunas desilusiones. No era lo que esperaba y, además, mi padre me necesitaba.

—¿Entonces usted también quedó huérfano y vive solo en su casa? ¿No tiene una esposa?

Él dijo que era soltero y ella pensó que era la mejor noticia que había recibido en mucho tiempo. Y al verle de cerca se dio cuenta de que a pesar de ser más joven que su primo debía tener unos veintisiete o veintiocho años. Le gustaban los hombres de esa edad, eran más tranquilos y maduros.

—Vaya, aquí hay demasiados solterones. ¿Será que no encuentran una chica guapa para casarse tal vez? —se atrevió a decirle Agnes señalando con disimulo a las jóvenes presentes y sonrió.

—Es que no hay muchas jóvenes solteras en Cumbria, señorita y las que hay no me atraen ¿sabe? Quisiera esperar y casarme con la joven que quiero y no por una mera obligación—le respondió él.

Ella se sonrojó al sentir su mirada intensa y apartó la mirada turbada.

—Bueno, yo tampoco he querido casarme. Creo que no estoy lista, no estoy preparada para dar ese paso. Es muy importante para la vida de una mujer y creo que no todas lo piensan así y se casan con el primer hombre que les propone matrimonio sin detenerse a pensar que se casarán para toda la vida.

—Bueno, sí, eso es verdad. El matrimonio es algo sagrado. Y es para toda la vida. Por eso hay que pensarlo bien antes de dar el sí. Debe haber armonía entre los esposos y también afecto. Amor.

—Oh sir Chapman, ¿cree usted en las bodas por amor? —preguntó ella ilusionada. Pensaba que era la única tonta que esperaba eso. Su padre la llamaba la edad de la tontera en las mujeres que impedía que jovencitas se casaran con quién debían hacerlo y esperaran tontamente al "príncipe azul".

Sir Chapman asintió y ella lo miró embobada.

—Las bodas por amor son un ideal, señorita. Amar y ser amado. Pero no siempre se consigue. Unos aman y otros se dejan amar, o fingen amar, pero solo sienten un deseo carnal egoísta. He visto a damas caer en las redes del amor romántico porque ahora todos quieren una boda por amor, pero luego comprenden que no era amor sino un deseo egoísta lo que sienten sus maridos por ellas. Y también he visto a hombres casarse muy enamorados y a sus esposas fingir que los aman, pero solo aman la vida que esos esposos pueden brindarles. En ocasiones el amor nos enceguece y vivimos como en una quimera.

—Vaya, no puedo creer que existan personas tan crueles. Es tan ruin jugar con los sentimientos de un hombre enamorado o de una joven enamorada.

—Supongo que usted nunca ha estado enamorada en su vida, señorita.

Ella guardó silencio.

—No, es verdad... Cuando llegué a este país me convertí en la debutante más admirada por mis vestidos y porque era exótica y también una rica heredera. Muchos hombres se acercaron gentiles a cortejarme, me obsequiaron flores y me dedicaron bellos poemas y hasta llegaron a escribirme encendidas cartas de amor y admiración. Pero cuando mi padre lo supo se enfureció porque averiguó quienes eran mis pretendientes y todos ... eran caballeros arruinados en busca de una heredera. Creo que eso me hizo sentir que los hombres de esas fiestas no me veían a mí, veían mi herencia y por eso siempre tenía mi carné de baile lleno.

—Pero señorita, es usted preciosa. ¿Cómo puede decir eso? Cualquier hombre se sentiría afortunado de pedir su mano sin saber que es la heredera de Rostchild.

Agnes le agradeció, pero no le creyó una palabra.

—Es usted muy amable, sir Chapman, pero solo se han interesado en mí los oportunistas y le dije a mi padre que no me casaría si no era por amor y eso lo disgustó bastante y me respondió que sería mucho más fácil de embaucar. Me pidió que no creyera nunca en las palabras de amor, que no eran más que tonterías que decían los hombres para seducir a las jovencitas y luego arrastrarlas a una boda.

—¿Por eso nunca quiso casarse? ¿Ya no confiaba en nadie?

—Tal vez... Pero creo que no estaba preparada además entonces quería viajar a Francia a visitar a mis parientes. Llevaba años sin verlos y mi padre siempre ponía excusas. Él solo pensaba en casarme con un inglés que se dedicara al comercio como él, y por ello me presentaba siempre a los hijos de sus socios y de otros hombres adinerados de Londres. —bebió el resto del vino y miró al joven abogado—Ninguno era de mi agrado y, además, nunca he soportado las prisas. Odio las prisas y que piensen que... ahora me doy cuenta de que mi padre trataba de casarme rápido porque sabía que moriría. Yo no lo sabía entonces, él nunca me lo contó—secó sus lágrimas.

—Lo siento señorita, no quise ponerla triste con mi charla. Quiero ayudarla ¿sabe? Puedo asesorarla sobre el testamento y decirle que en realidad no está obligada a casarse.

Eso la sorprendió.

—¿De veras?

—No... Yo sospecho que su padre la trajo aquí porque temía que fuera secuestrada por cazafortunas u oportunistas. Sin ningún familiar que velara por su seguridad, sola en esa casa, cualquier hombre que supiera su situación podría raptarla y forzarla a una boda. Luego no podría hacer nada, quedaría a merced de su raptor y sin su dinero. Porque seguramente querrían quitarle todo.

—Vaya... no lo había pensado así. Parece algo teatral, como de novela de folletín. La heredera raptada por su herencia. no creo que eso pase en un país tan tranquilo como este.

—No se ría señorita, en Londres muchas jóvenes son raptadas y luego vendidas a prostíbulos que a su vez las venden a sus mejores clientes por unos cuantos cientos de libras señorita.

Ella tembló cuando escuchó eso. No lo había pensado y ni siquiera concebía ese horror.

—¿Oh qué terrible, jamás pensé... cómo es que la policía no apresa a esos bandidos?

—A veces lo hace, pero esto no deja de pasar. Por eso usted necesita un tutor señorita, no fue un capricho de su padre ni de sus abogados, creo que su padre comprendió lo difícil que sería para usted cuando él ya no estuviera para protegerla con una herencia millonaria. Hay gente muy ruin y malvada que debe saber que usted se ha quedado huérfana y sola con una inmensa fortuna y que todavía no tiene esposo.

Agnes se sintió atormentada cuando supo eso.

—¿Entonces cree que ese testamento era legal y fue hecho por mi padre por esa razón?

Sir Chapman asintió.

—Pero yo quería viajar a Francia, allí estaría segura. Nadie sabe de mí ahora.

—Pero su nombre estuvo en los periódicos señorita, cuando murió su padre, cuando fue presentada en sociedad imagino que también vieron su fotografía.

Ella se estremeció cuando dijo eso.

—Es verdad... pero quién más salía en los diarios era mi padre por ser el hombre más rico del continente, sir Chapman. Todos hablaban de él y estaban pendientes de sus nuevos negocios. Su tienda de almacenes, hasta fundó un banco... ni siquiera sé cuántos negocios tiene y me asusta pensar que alguien sea capaz de secuestrarme por eso o hacerme daño—le respondió la joven.

—Pues debe considerarlo, no es por asustarla señorita, se lo aseguro, pero viví en Londres algunos años y como abogado vi cosas horribles. La realidad que se vive en esa ciudad es muy distinta a las que aparecen en las revistas de moda, a las fiestas en las que damas educadas y bellas conocen a encantadores señores. La miseria y crueldad en Londres se concentra en esos barrios oscuros de bribones donde ninguna persona decente frecuenta.

—Algo dijo un amigo de mi padre una vez en una fiesta, pero mi padre le dijo que se callara.

—Por supuesto, todos callan. Pero los robos y los raptos son cosa de todos los días. Y no solo en Londres, en París también. Una joven como usted no puede viajar sola sin sirvientes y sin un esposo. Lamento decírselo, pero su vida correría serio peligro y mi primo no lo permitirá, además. Él asumió el rol de ser su tutor y lo cumplirá al pie de la letra. Puede estar tranquila que estará segura mientras viva aquí.

—Lo sé, pero es que. no me llevo muy bien con su primo. A veces siento que aceptó obligado y que soy una molestia para él.

Había bebido dos copas de vino, de lo contrario no habría sido tan locuaz pero frente a ese caballero se sentía confiada y con ganas de charlar, sentía que era un hombre bueno y de confianza.

Él enseguida lo negó.

—No es así, solo está preocupado por su seguridad. Él la aprecia.

—No lo creo... Además, yo quiero volver con mi familia sir Chapman, soy francesa y añoro volver a mi país. Nunca me he sentido aquí como en mi casa. Los ingleses son tan distintos a los franceses. Sus costumbres, sus creencias, sus fiestas y silencios. Su genio extraño y enigmático. Son tan fríos.

Ella pensó que había hablado demasiado, no debió contarle los anhelos a ese joven a quien apenas conocía pues no debía olvidar que era primo de su tutor, pero al parecer era el día de las confesiones y no podía parar.

—Siento mucho que no se sienta feliz aquí, señorita. Pero comprendo que se sienta extraña porque los franceses son muy emocionales y enamorados, ¿verdad? Seductores y algo sinvergüenzas. Y las damas francesas son las más bellas que he conocido jamás.

Ella se sonrojó cuando dijo eso.

—Oh no diga eso. Exagera. Las damas inglesas son muy hermosas.

—Pues yo prefiero a las beldades francesas. Son bellas y apasionadas, expresivas y dulces, tiernas. Dicen lo que piensan y no disimulan sus sentimientos como las damas de aquí. Yo la veo a usted y sé lo que está sintiendo, lo que piensa señorita. La he visto alegre, furiosa, consentida, rebelde y también triste, muy triste estos días.

Agnes asintió cuando dijo eso. ¿Entonces había estado observándola, mirándola a hurtadillas? Oh santo cielos...

—No es usted feliz aquí supongo, señorita Agnes.

—Pues no siempre... Su primo es bondadoso y sé que está obligado a cuidarme por ese testamento, pero no debió firmarlo, no debió aceptar.

—Era su deber señorita Agnes y lo hizo. Pero no tema, aquí nadie sabe quién es usted. Y si la presenta no mencionará su dote ni nada.

—Eso no me preocupa porque no me casaré con ningún caballero inglés, sir Chapman. Solo quiero esperar un tiempo y viajar a Francia. Pero para ello necesito el dinero de mi renta. No he recibido nada todavía. Ni un chelín. ¿Puede creer eso? Nadie me dio un centavo cuando me trajeron a esta casa. ¿No cree que sea muy desconsiderado?

—Bueno, tal vez pensaron que si le daban dinero intentaría escapar.

Agnes se puso como la grana.

—Pues no... ni siquiera sabría a dónde ir. Esta mansión es inmensa y sus linderos interminables—replicó ella.

—¿Y qué hará luego si tuviera dinero, señorita, si logra rescatar algo de su renta? ¿Se marchará a París usted sola? No podrá, mi primo no lo permitirá.

—Pero cuando sea mayor de edad y podré hacerlo. Pronto cumpliré veinte años sabe.

—Oh vaya, se sentirá muy adulta cuando eso pase... es una jovencita dulce y tierna. Mi primo no permitirá que se vaya. Por más que sea mayor de edad, no la dejará librada a su suerte. Por algo fue nombrado su tutor. Deje de soñar quimeras señorita, solo con un esposo podría viajar segura y solo con un esposo estaría a salvo de los hombres malvados y codiciosos.

—Oh por favor, ¿acaso intenta asustarme?

—No, en absoluto. ¿Es que no lo entiende? No le he contado estas cosas para amedrentarla, nunca fue mi intención. Solo quiero despertarla porque temo que la han educado entre algodones sin advertirle de los peligros del mundo, mimada y protegida, ahora ya no tiene a su padre, solo tiene esta casa y a mi primo, pero necesitará más que eso. Los abogados hablaron con lord Hastings, le advirtieron que podían intentar llevársela de aquí, que debía colocar criados alrededor y vigilar el páramo. Y no decir a nadie su verdadero nombre.

—Pues no veo cómo puedan secuestrarme si ni siquiera me dejan salir a ningún lado.

—Pero no puede vivir siempre así, no puede vivir con miedo, no es justo para usted. Señorita, ahora debe tener su propio hogar y eso solo lo tendrá cuando tenga un esposo. Sé que es prematuro y que usted acaba de perder a su padre por eso supongo que él le dio un tiempo, pero mientras intente ser feliz. Intente disfrutar su estadía en esta casa.

—Pues no veo cómo señor Chapman. Usted parece amable, el único amable pero no vive aquí y no sabe las maldades que me hacen esos sirvientes. Mi habitación siempre está helada y aunque he dado instrucciones de que no soporto la sopa ni las legumbres y otros platos... y sin embargo no he sido bien tratada y nunca me escuchan.

El joven caballero se quedó impresionado por sus palabras.

—Señorita, debería hablar con mi primo sobre esto. Es injusto. No sabía que le pasaba eso. Los sirvientes de aquí siempre han sido muy amables, no entiendo por qué ahora actúan diferente.

—Su primo está enfadado conmigo, siempre lo está y no creo que quiera oírme.

—Está bien, yo hablaré con él, señorita Rostchild. No se preocupe.

Agnes se sintió reconfortada y pensó que ese joven era distinto a su primo no solo físicamente, sino que parecía tan amable y bondadoso. Fue el único que se acercó a ella y le dio consejos, su tutor no dijo nada al respecto aun sabiendo que ese testamento era legal y debía aceptarlo o lo perdería todo. Solo la había sermoneado por ese paseo que hizo, pero parecía ignorarla por completo.

—Gracias señor Chapman, se lo agradezco.

—Venga conmigo. Ha comenzado el baile. Póngase alegre, debe sonreír más. Es tan dulce cuando sonríe.

Ella aceptó bailar con él. Hacía tanto que no bailaba y aunque llevaba medio luto por su padre no pensó que fuera malo bailar. Y ambos se deslizaron por el improvisado salón de baile mientras un grupo de músicos ejecutaba un vals.

Ese vals la dejó sonrojada y nerviosa pues sintió muchas miradas sobre ella, pero lo extraño fue lo que sintió cuando él la tomó entre sus brazos. Nunca antes habían estado tan cercanos como con esa conversación y ese momento mientras la alegre música vienesa se oía de fondo. En sus brazos, abrazada a él, tan pegada que no sabía si eso era correcto.

La mayoría de los presentes solo observaba a los bailarines sin participar, pues eran demasiado viejos algunos o no tenían una pareja femenina. Había muy pocas mujeres en esas tertulias y de pronto sintió una mirada maligna a la distancia de alguien que al parecer no aprobaba demasiado que bailara con Stephen. Agnes tembló al ver a su tutor mirarla de esa forma y se preguntó por qué lo hacía, por qué parecía tan disgustado, pero entonces Perceval Harper, conde de Hastings desapareció de la multitud y no volvió a verle.

Luego de esa pieza de baile Agnes se sintió cansada y no quiso bailar de nuevo. Solo quería alejarse a descansar y pensar en las palabras de ese guapo caballero inglés que le dijo que las francesas eran las damas más bellas y tiernas que había conocido. Se preguntó si habría tenido un amorío con una francesa o lo decía por ella. De todas formas, no dejaba de pensar en ese baile, las sensaciones que la habían embargado y lo mucho que había deseado que ese joven la besara.

****

No pensó que a la mañana siguiente los invitados se quedarían a dormir y participarían de una clásica partida de caza los caballeros.

A ella la horrorizaban y prefería no acercarse a ver.

Pero desde la ventana de su habitación vio llegar a Stephen sonriente con una liebre muerta y se sonrojó al recordar sus palabras y que la tarde anterior había estado en sus brazos.

Se moría por verle y deseó que no se marchara tan pronto, pero entonces vio a su tutor con una expresión fría y maligna y tembló.

Parecía mirarla a ella a la distancia y la joven se alejó corriendo de la ventana.

Eran tan distintos. Parecían el día y la noche. Stephen era tan alegre y guapo y su tutor era más viejo y siempre serio, con una mirada azul fría.

A media tarde sin embargo hubo una nueva tertulia con más invitados y fue invitada a participar.

Escogió un vestido azul muy oscuro de terciopelo y soltó su cabello y usó unos polvitos de carmín para sus labios. Siempre usaba algo de maquillaje para resaltar sus pestañas y dejarlas más espesas y sus labios o mejillas. Pero apenas se notaba. Quería estar bonita para su nuevo admirador.

Se preguntó cómo sería ser besada por ese caballero y luego pensó que no debía pensar esas tonterías. Había dicho que no se casaría con ningún joven inglés y lo cumpliría.

Cuando entró en el salón notó que este estaba atestado y sin embargo se hizo un silencio sepulcral cuando su tutor la presentó con su nombre y apellido.

Las damas presentes la miraron con expresión alerta, pero los caballeros la rodearon como moscas para besar su mano y ser formalmente presentados. No eran los solterones de siempre, a esos ya los conocía, eran otros mucho más refinados y hasta guapos.

No podía creer que su tutor llevara a caballeros para que ella escogiera un esposo, pero al parecer estaba decidido a lograrlo.

—Señorita Rostchild, qué agradable sorpresa. He oído muchas cosas de su padre—dijo uno.

Esas palabras la dejaron algo tensa y miró a su tutor nerviosa. Nadie debía saber su nombre, pero al parecer esos hombres sí la conocían, todos sabían quién era y eso que ella no lo había dicho a nadie.

—Su padre fue un gran hombre, un visionario. Una pena que viviera tan poco. Murió joven—dijo otro.

¿Un visionario?

De pronto se vio rodeada de caballeros londinenses que no dejaban de hablar maravillas de su padre diciendo también cuánto lamentaban su muerte.

—Lamento mucho su muerte. ¿Pero es verdad que lord Hastings es su tutor porque usted es todavía soltera?

Demonios. Eso parecía una conspiración una redada de ratones que corrieron la voz de un lado a otro y ahora todos conocían su secreto. El secreto que ella debía guardar para evitar que alguien le hiciera daño.

Las preguntas la incomodaron, pues estaba segura de que esos hombres sabían las respuestas. Intentó ser cortés, pero de pronto escuchó el nombre de sir Brighton y se tensó.

Al parecer esos caballeros vivían en esas tierras, pero viajaban a Londres con frecuencia.

—Sir Brighton ha preguntado por usted señorita. ¿Le conoce? Creo que está buscándola.

Se puso pálida al oír eso. No podía ser.

—Le conozco sí, pero hace meses que no le veo—respondió. —supongo que se habrá casado hace poco.

Ellos se miraron desconcertados.

—Pues no, está soltero y no se ha comprometido. Se mostró muy sorprendido al saber que usted se había mudado al norte señorita, y que tenía un tutor. Pensó que se quedaría con sus tías en la mansión de Saint George en Londres. Es un lugar magnífico.

Ella se sintió mal cuando le dijeron eso. Nadie debía saberlo rayos... debía avisarle a su tutor cuanto antes, debía hacerlo.

Respiró hondo y tembló de pronto se preguntó si esos tipos que eran amigos de su antiguo pretendiente no habían ido a la mansión de lord Hastings para fisgonear.

—Mis tías se mudaron a un cottage de Norfolk y mi padre decidió que estaría a salvo aquí, en Cumbria, pero solo me quedaré unos días, luego viajaré a París—aclaró.

Algo tenía que inventar...

—Oh por supuesto, eso mismo le dije a sir Brighton. Usted es la heredera de un millonario y siempre estará en peligro si no encuentra pronto un esposo. Es raro que una dama tan hermosa como usted señorita Rostchild no esté ya casada—dijo otro con cara de vieja chismosa.

Agnes pensó que no estaba hablando con sus festejantes ni futuros candidatos sino con un grupo de matronas chismosas de Londres que hacían esa clase de comentarios mientras preguntaban y preguntaban con suspicacia de por qué una todavía no estaba casada. Fue muy incómodo para ella y desagradable.

¿Qué podía responder para salir airosa de ese aprieto pues todos esperaban que explicara por qué siendo la hija de un millonario y tan bella todavía no había encontrado esposo?

Ciertamente que cuando se ofuscaba no podía pensar con claridad y que ese bandido seductor de Brighton preguntara por ella la había crispado y luego tener que soportar esos comentarios malignos...

—Disculpen, debo irme ahora, me llama una vieja amiga—inventó y casi salió corriendo, escabulléndose entre el gentío que había ese día.

No le interesaba conversar con esos sujetos, se sentía alterada y ver a Stephen hizo que se animara al instante.

Él la había estado mirando al parecer muy atento a la conversación y ella se acercó con cierta desesperación.

—Señorita, ¿se siente bien? Se ve algo pálida—le dijo Stephen.

Ella dijo que nada pasaba, pero se sitió aliviada cuando él la escoltó al salón donde se preparaba una charla de espiritismo.

No esperaba encontrar gente tan desagradable esa tarde ni que le hicieran preguntas tan impertinentes.

Con Stephen se sentía bien y a salvo, no sabía de qué, pero no le gustaba que la vieran como una presa, como la codiciada hija del millonario. Y que todos en el condado lo supieran. Eso podía hacer que una banda de criminales llegase y...

Se dijo que no debía pensar esas tonterías.

—Sir Chapman, debo decirle algo... pasó algo recién.

Él la miró alerta.

—¿Acaso esos caballeros le dijeron algo indecoroso?

—No, pero ellos me reconocieron, dijeron ser amigos de un antiguo pretendiente del sur. Preguntaron por mi padre y por qué una joven tan guapa no estaba casada. Es decir, por qué la hija de un millonario no estaba casada. No podía escapar, todos me rodearon y me asusté mucho.

—No tema, no son personas peligrosas, solo que hablaré con mi primo para que hable con ellos para no divulguen su presencia aquí. Aguarde... hablaré con Pearce.

Agnes se quedó sentada allí esperando la velada espiritista bastante nerviosa. Ese hombre no debía encontrarla, no quería que supiera que estaba allí, por su culpa su reputación había quedado arruinada y no quería que nadie en esa casa lo supiera.

Esa conversación la dejó muy alterada pues habían mencionado a sir Brighton, su antiguo enamorado, el que había estado chantajeándola por un beso robado y ahora estaba interesado en ella de repente. Hubo un tiempo en que sus tías estuvieron muy interesadas en que hiciera amistad con el heredero y su padre también, pero eso era parte del pasado. Solo que no quería que esa mancha a su reputación llegara a Cumbria. Si su tutor se enteraba que había estado besándose a escondidas con ese caballero pensaría que era una coqueta o algo peor y renunciaría a cuidarla y a buscarle marido y lo peor que....

Tampoco quería que Stephen lo supiera. Él la miraba embobado y no era tonta, sentía que había algo entre los dos, aunque su tutor no lo aprobara. Además, ella no era una coqueta. Y besar a un joven no la convertía en ramera ni en mujer fácil. Lo hizo por un horrible chantaje, además. Sin embargo, era una mancha en su pasado que habría deseado borrar y no entendía por qué ese joven preguntaba por ella ni por qué tuvo la mala suerte de ver a esos caballeros allí en la mansión helada de Cumbria haciéndole preguntas y diciéndole que Calen Brighton la buscaba.

Stephen regresó poco después con su tutor y este le pidió que señalara a los jóvenes que la habían reconocido.

Tuvo que acompañarlos al salón nuevamente y Agnes los buscó desesperada. No estaban por ningún lado. O quizás no podía reconocerles porque había demasiada gente en la mansión ese día.

—Como eran señorita? Mi primo solo vio a dos y ya les advertí que mantuvieran discreción sobre su presencia aquí.

—Eran cinco o seis, de pronto uno se me acercó y otro me miró con intensidad y de pronto me encontré rodeada de todos ellos, pero no sé, nunca los había visto pero ellos sí dijeron conocer a mi padre y sabían que yo era su hija.

—Bueno, quizás fue coincidencia, no se preocupe. Sabía que algo así pasaría, pero estaré pendiente, si los ve de nuevo avíseme. No creo que sean personas con malas intenciones.

Agnes no dijo que habían mencionado a Brighton y que eso era lo más nerviosa la tenía en esos momentos. Miró hacia el salón y se acercó seguida de Stephen, pero no vio a ninguno de los jóvenes que se habían acercado a hablarle.

—Qué extraño, parecen haberse esfumado de repente–se quejó la jovencita.

Él la miró.

—No se preocupe señorita, sabíamos que esto pasaría, pero no creo que suceda nada más, aquí solo son invitadas personas de bien, mi primo los conoce—le dijo Stephen.

Y luego de mucho buscar regresaron a la otra sala para presenciar el acto de espiritismo.

Pronto olvidó el incidente pues un caballero llamado Capitán Murphy estuvo narrando sus aventuras en los viajes al Nuevo Mundo en el navío de su majestad llamado en honor de su reina Victoria.

Fue una charla apasionante que la distrajo y todos estuvieron pendientes de los relatos. Los peligros del mar, un buque fantasma de piratas, una tormenta feroz con una ola gigante que era como un monstruo de agua...

Agnes sintió tantas ganas de viajar. Sintió que se transportaba en el relato de ese capitán sobre sus viajes en sus años mozos y luego la deslumbró al oír las historias del nuevo mundo. Nueva York, Boston, ciudades nuevas y hermosas, el destino preferido de muchos ingleses e irlandeses en busca de oportunidades de amasar una fortuna.

—En Nueva York está lleno de bandidos—opinó el caballero que le había preguntado por qué todavía estaba soltera siendo la hija de un millonario y no mal parecida.

El hombre tenía una nariz aquilina, era pelirrojo y muy poco agraciado, pero eso no habría importado si no hubiera interrumpido el relato del Capitán Murphy con comentarios tan desafortunados como ese.

Todos le miraron entonces.

—Eso no es verdad, caballero... es decir, no hay más bandidos de los que hay en Londres—dijo otro caballero, uno de los solterones amigos de su tutor, el abogado Roger Ackerman.

Sir Clemens miró al abogado ceñudo.

—Pero hombre, no puede usted comparar una ciudad grandiosa como Londres con Nueva York—se quejó el arrogante sir—Nuestra ciudad tiene historia, tiene personas educadas y civilizadas.

Su tutor sonrió peor no participó de la disertación y fue Stephen quien confrontó a sir Clemens en defensa del capitán y el doctor Ackerman.

—Nuestra ciudad tiene todo lo bueno y todo lo malo también, por desgracia. Desearía pensar que en un país joven como lo es América, no posee tanta maldad como en el viejo continente.

Esa repuesta no le agradó nada al mofletudo y blancuzco sir que comenzó a hablar de que en América debía haber mucho más bandidos pues se había convertido en un estado confederado próspero que recibía a los inmigrantes con mucho entusiasmo.

Agnes sonrió y soñó con viajar allí, sabía que unos parientes de su padre habían ido, pero en realidad su sueño era regresar a Francia. Aunque tuviera que casarse.

Miró a hurtadillas a Stephen y pensó que sería un buen partido para ella, era educado, amable y muy agradable. Guapo. No parecía ser el típico inglés soberbio y arrogante que se creía superior a todo el mundo. Al menos eso le había parecido, todavía no le conocía bien, pero nada más entrar se encontró con los dos hombres más guapos que había visto en su vida. Su tutor y su primo. Tan distintos a pesar de ser parientes cercanos, pero tan guapos con un estilo distinto. Uno rubio muy alto y de mirada intensa y bonita, viril, una de esas miradas que perduraban, elegante, pulcro y de voz profunda, sus gestos, su voz terminaron de hechizarla, pero luego vio a su tutor, castaño y de fríos ojos azules. Altivo y maduro, todo un hombre, todo un caballero, pero completamente indiferente a sus encantos. Parecía molesto y hasta un poco asustado cuando la vio entrar en el salón. Por supuesto sabía que casi lo habían obligado a ser su tutor, pero al menos pudo disimularlo.

Era un hombre guapo sí, muy guapo pero antipático y malo.

En cambio, su primo era bondadoso, gentil y encantador.

Como el día y la noche.

Pensó que no tenía que presentarle a más mequetrefes como sir Clemens.

Si tenía que casarse pues lo haría con ese joven rubicundo muy inglés, pero a su vez muy distinto a los de su clase.

Eso si lograba embrujarle y convencerle de que pidiera su mano.

Porque ese guapo abogado también necesitaba una esposa y lo sabía. Pero no quería que pensara que quería atraparle o seducirle para llevarle a Francia o algo así.

La disertación del capitán llegó a su fin y fue el turno de hablar de los espíritus. A los ingleses les fascinaba el mundo espectral, las novelas de una escritora que se dedicaba a historias góticas causaban furor y eran las más leídas entre las jóvenes de su edad. Bueno era un tema apasionante y muy basto, quizás muy de moda. Ella sabía mucho del tema por su tía que era prestidigitadora y leía manos y también tiraba las cartas y así se había hecho de un porvenir para sus primas y para ella luego de enviudar.

Todos los presentes tenían una historia que contar.

Ella se mantuvo silenciosa hasta que su tutor le preguntó si creía en esas cosas.

La joven francesa lo miró algo inquieta.

—Oh por supuesto. Me parece apasionante, cuando viví en París jugaba a invocar espíritus con mis primas y en una ocasión escuchamos una voz horrible y misteriosa mientras una de mis primas salió huyendo y la otra gritó que vio una sombra oscura en un rincón.

Todos escucharon el relato detallado de lo sucedido y comprendió que los ingleses adoraban hablar de fantasmas, aunque no creyeran firmemente en su existencia. El mundo de lo oscuro y siniestro les atraía poderosamente, por eso su abundante y alocada producción literaria al respecto y las historias que contaban con cierto orgullo sobre sus mansiones antiguas y encantadas. Se preguntó si no estaría en una a pesar de que el dueño se mostrara escéptico al respecto.

—¿Y quién le enseñó el juego de los espíritus señorita? —preguntó entonces su tutor.

Agnes se sonrojó al sentir su mirada azul, que por las luces de las velas se vía mucho más oscura e intensa. Por momentos le costaba sostener esa mirada pues tenía una mirada como de brujo en ocasiones.

—Mi tía Josephine, hermana de mi madre. Ella nos enseñó y se decía que hizo una fortuna leyendo las manos y tirando las cartas. Tenía un don, no era una charlatana, ella veía cosas...—se sonrojó al evocar a uno de sus parientes más excéntricos y divertidos de París. Pero no dijo que había sido la tía que la cuidó mucho tiempo y que en realidad tiraba las cartas e invocaban espíritus para poder educar a sus hijas y darles un porvenir luego de haber enviudado.

Los presentes se mostraron encantados, y quisieron saber más detalles, pero el tutor comentó:

—Qué parientes tan especiales tiene usted, señorita.

Agnes sabía que se refería a su tía adivina.

—Mi tía quedó viuda muy joven y con tres hijas que criar, no tuvo ayuda de nadie, pero sí tenía un don. Por eso lo hizo—dijo molesta.

Él le sonrió de forma inesperada y fue una sonrisa traviesa y rara en un hombre tan serio.

—No juzgo a su tía, señorita, pero no creo demasiado en las artes de la adivinación si es que se pueden llamar así.

—Bueno yo sí creo, he visto fantasmas y ...

Calló de repente, pensó que había hablado demasiado. No quería que supieran que a veces tenía presentimientos, o visiones y que lo había heredado de su tía, pero se negaba a pensar en ello y creía que si ignoraba ese poder este desaparecería, pero sabía también que todo ocurría de forma inevitable, que las visiones de cosas llegaban de repente y cuando estaba molesta y ofuscada por algo directamente nada ocurría. Es decir, ese don era completamente involuntario y por más que presidiera una sesión espiritista no estaba segura de poder invocar a ningún espíritu. Tampoco quería hacerlo. Luego de perder a su padre todo había cambiado. Y los poderes le habían fallado pues durante meses no fue capaz de avisarle de esa tragedia, de decirle que estaba enfermo, ni de sospechar nada... así que no creía que esos poderes sirvieran para algo en esta vida.

—¿Señorita, tiene usted poderes para ver el futuro? —le preguntó Stephen de repente.

No había dejado de mirarla y escuchar sus palabras atento a todo lo que ella dijera y lo miró algo sonrojada.

—No creo tener ese don, aunque me gustaría. ¿Solo me gusta leer las novelas góticas inglesas, son muy buenas—respondió ella evasiva—Y usted cree en los fantasmas?

—Por supuesto. Cuando alguien cercano muere señorita se queda con nosotros, a veces he sentido la presencia de mi madre en la casa. Es muy tenue y pensará que quizás lo imaginé, pero...

Agnes pensó que nunca había sentido la presencia de su padre esos días, solo le pasó a los pocos días de morir que le parecía verle en su habitación acostado o sentado en el escritorio de la biblioteca como una visión del pasado, un fantasma, su padre estaba en todas partes de esa casa, podía oír su voz, sus pasos fuertes recorriendo el comedor y hasta verle a veces.

—Eso es verdad, también me pasó cuando murió mi padre solo que con los días la imagen difusa fantasmal desapareció—reconoció ella—Señor Chapman ¿en esta casa hay fantasmas?

La pregunta pareció pillarle por sorpresa, notó que hacía un gesto con sus labios.

—Todas las mansiones antiguas tienen fantasmas señorita, antiguas leyendas... pero no le diga nada a mi primo. Él no cree en los fantasmas, aunque los tiene. Su esposa murió hace unos años y él siente que todavía está aquí a su lado.

Vaya, era la primera vez que hablaban abiertamente de esa trágica pérdida. Solo sabía que era viudo, pero no sabía nada de su esposa. Aunque imaginó que sería una dama hermosa y perfecta, de esas que son amadas locamente durante años y convierten a sus esposos en amargados y tristes viudos solterones.

—Pero no diga nada por favor, no diga que le dije. Es difícil para Pearce.

Le decía Pearce a su primo.

—¿Y qué le pasó a la dama, sir Chapman?

—Murió al dar a luz. No tuvo un buen parto y el niño murió antes, ella lo hizo dos semanas después. Estaba muy débil... nadie lo habría imaginado. Estaba tan feliz esperando a su bebé. radiante, feliz. Y además era una dama robusta, de caderas anchas. No entiendo qué pasó, pero creo que fue una fatalidad… En fin… supongo que fue el destino y la voluntad del señor. Aunque me cuesta creer que fuera su voluntad. La tragedia golpeó muy fuerte a mi primo, señorita. Creo que le dejó una herida muy difícil de sanar y por eso no quiere saber de nada con casarse, aunque debería hacerlo. Él necesita una esposa. Bueno yo también, pero creo que él la necesita más y no es porque le urja tener herederos. Es porque creo que una esposa podría sanar su corazón, es un hombre joven y valeroso, pero creo que no podrá dejar de sufrir hasta que encuentre una dama capaz de devolverle la fe en el amor, una dama capaz de atraparle y enamorarle.

Agnes sintió que se ponía muy colorada pues su tutor estaba mirándola muy serio a la distancia y no era la primera vez que veía ese gesto torvo y desaprobador. ¿No aprobaba su amistad con su primo o tal vez sabía que hablaban de él? Eso parecía imposible, pero…

—Bueno, supongo que no tardará en encontrar una joven dispuesta a conquistar su corazón—dijo algo incómoda pues sentía que todo eso no era de su incumbencia y no quería que Stephen pensara que le importaba algo la vida de su tutor.

—Es verdad, pero mi primo es todo un solterón ahora, como sus amigos.

—Como usted—le dijo Agnes con una sonrisa pícara.

Él la miró tentado.

—Es verdad… ha caído usted en un nido de solterones tristes y amargados. Pero al menos somos divertidos, ¿no lo cree? Organizamos tertulias, veladas musicales, conferencias y hasta algunos mítines políticos si la ocasión es propicia. Y esta noche creo que tendremos una sesión espiritista.

Ambos vieron a una dama de cabello rubio teñido en un tono chillón, los labios pintados y un vestido negro recargado de piezas que podían ser de orfebrería o simple fantasía.

Era madame Delfina y la llamaban la francesa. Toda una experta en leer el porvenir, tirar las cartas y hablar con los muertos. Su llegada causó un gran revuelo y cuando Stephen le explicó que él conocía a esa mujer de Londres y era una charlatana embustera pensó que tenía razón.

Pero su primo la había invitado porque ella se encontraba en el condado y le pareció divertido invitarla.

La dama de abundante busto dijo unas palabras en francés mal pronunciadas que encendió la alarma en Agnes que podía detectar al instante cuando alguien no hablaba bien su idioma. Lo mismo ocurría con los ingleses que detectaban los acentos, pero esto no parecía molestarles, algo que sí ocurría con los franceses. A la jovencita le molestó ver lo mal que pronunciaba esas expresiones francesas y pensó que esa dama no solo no era francesa, sino que nunca había estado en Francia ni tampoco había aprendido su lengua pues su pronunciación era nefasta.

Y sin embargo se dedicó a tirar las cartas y decirles el porvenir a varios de los presentes y estos estuvieron encantados.

Ella en cambio se negó a participar de ese juego. No le agradaba que leyeran su porvenir, sabía que alguien podría oír lo que decían y le desagradaba pues se trataba de algo muy privado.

Sin embargo, notó que muchos caballeros querían que Madame Clochard leyera sus manos. Entre ellos, Sir Chapman.

Por supuesto que las adivinaciones eran privadas y ella vio al caballero alejarse y entrar en la habitación secreta para hablar con la adivina. No demoró mucho allí dentro, Agnes estuvo pendiente de todo y de pronto lo vio salir muy feliz.

Ella esperaba que le contara y lo miró con ansiedad.

Pero entonces vio que su tutor lo detenía para hablar con él. En el bullicio de la sala nadie notó que ambos caballeros se alejaban, aunque uno de ellos fuera el anfitrión, pero ella sí lo notó y pensó que lord

Hastings tenía algo importante que decirle a su primo mientras todos se disputaban a lo que ella imaginó sería una falsa adivina.

Stephen regresó poco después pero no fue a hacia ella como esperaba, sino que se alejó para reunirse con los caballeros que bebía oporto en otra sala.

Se sintió horriblemente abandonada en esos momentos y pensó que la reunión había perdido todo encanto para ella.

—Señorita Rostchild, disculpe, quisiera presentarle a unos amigos—le dijo su tutor poco después mientras ella esperaba cada vez más molesta el regreso de su amigo.

Miró al caballero molesta. Él le sonreía amable pero no creía en esa sonrisa. No era tonta, sabía que durante toda la reunión había estado pendiente de ella y de su primo y que no le gustaba que hiciera amistad con él. Primero le daba libertad para escoger esposo, pero cuando ella mostraba inclinación por su pariente ... lo apartaba sin piedad. O al menos lo intentaba.

Ella no iba a dejar que ese caballero se saliera con la suya.

—Oh se lo agradezco mucho pero ahora estoy cansada. Demasiadas emociones para un solo día—inventó y ciertamente que llevaban dos días corridos de tertulias y pretendientes para ella.

Ahora solo quedaba hacer una salida triunfal y dejar a todos los pretendientes del señor plantados, pero él la detuvo.

—Señorita, aguarde, no puede hacer esto.

Él no era tonto, sabía por qué se iba y lo que tramaba y quiso hacerle notar que estaba obrando mal.

Agnes frenó sus pasos y lo miró.

—Sé lo que trama y no me interesa. Si no puedo escoger esposo usted no lo hará por mí.

Él no esperaba semejante respuesta. Por supuesto, el caballero estaba acostumbrado a mandar y a tratar a todos como si fueran sus criados. Pues ella no era su criada ni su parienta pobre.

Pero entonces notó que estaban llamando la atención y la llevó aparte al salón de música que había en el extremo del comedor donde había un piano cerrado con llave y otros instrumentos que nadie tocaba jamás como si fuera un museo más que una sala da música.

—Señorita, escúcheme por favor. Solo le ruego que me permita cumplir con mi deber y al menos deje que le presente algunos candidatos aceptables—le dijo su tutor nada más entrar.

No estaba molesto o tal vez lo estaba y lo disimulaba bien como buen inglés.

—Como sir Clemens W...

—Clemens Winston. Lo siento, sé que ese joven es algo obtuso, pero...

—Es un engreído como sus amigos que no dicen más que tonterías, pero se les perdona por ser hijos de grandes señores. Milord, aprecio sinceramente su buena voluntad y que quiera ayudarme, ¿pero espera triunfar donde otros han fracasado antes? ¿Cree que no tuve admiradores y pretendientes en Londres?

—¿Qué quiere decir con eso, señorita Rostchild?

—Que de todos los caballeros que me ha presentado esta noche ninguno me agrada. Lo siento. No puede usted obligarme a aceptar un esposo solo porque lo considere apropiado.

—Señorita, sin mi beneplácito y aprobación usted no podrá casarse ¿entendió?

Ella se puso colorada al comprender lo que le estaba insinuando.

—¿Por qué sería tan cruel de impedir que buscara marido por mi cuenta si para usted solo soy una molestia?

—¿Una molestia? ¿Eso piensa? Claro que no es una molestia para mí, pero firmé un testamento y asumí responsabilidades con respecto a su futuro y bienestar, señorita. No espero que se case con cualquier caballero ni con prisas. Debe usted primero frecuentar fiestas y hacer nuevas amistades.

—Supongo que usted no se enteró de la conversación banal de sir Clemens y sus amigos que hablaron de mí como la bella heredera del millonario y se preguntaban cómo una joven tan guapa y con una dote tentadora todavía no había encontrado esposo. Suponen que si no me casé antes es porque algo falló en mí.

—Señorita, usted tiene diecinueve años.

—Pronto cumpliré veinte, milord.

—Como si eso hiciera la gran diferencia. Lo siento. Lo que quería decirle es que es muy joven para que alguien pueda pensar que...

—Es lo que piensan, en su país las jóvenes son presentadas en sociedad para encontrar pronto un esposo, los noviazgos son breves y antes de los veintidós una dama que no está casada es porque tiene alguna falla.

—Señorita, no estamos en Londres y eso es una tontería. Yo no soy partidario del casamiento entre personas tan jóvenes. Se necesita madurez para el matrimonio y no solo saber bailar, conversar y hacer bien la reverencia a la reina. Una joven debe ser preparada para el matrimonio, pero por desgracia eso no está considerado en su educación. Se le habla unos días antes de la boda o le sugieren leer un manual de la buena esposa. supongo que usted tampoco fue educada para el matrimonio.

Ella tragó saliva.

—No soy una niña inmadura y mimada como cree, por supuesto que sé que el matrimonio es mucho más que un vestido blanco y una gran fiesta, milord. Solo que siempre soñé con una boda romántica, por amor. Quisiera que un caballero no viera los millones que he heredado y si usted me presenta como la señorita Rostchild todos sabrán que soy la heredera de una millonaria fortuna.

—Señorita Rostchild, es una joven delicada y hermosa. Cualquier hombre se sentiría más que feliz por tenerla de esposa. no todos los caballeros buscan ricas herederas deje de pensar que está en Londres rodeada de cazafortunas, aquí no somos vulgares oportunistas o barones arruinados en busca de una rica heredera. Le aseguro que jamás le presentaría a un hombre que estuviera en esas condiciones por más amistad que tuviera con él.

Ella lanzó un hondo suspiro, ese hombre era imposible, siempre quería salirse con la suya.

—Supongo que usted olvida que acabo de perder a mi padre y que me siento a la deriva, que solo sueño con regresar a mi país, a Francia, y reunirme con mis parientes. Un matrimonio solo lo arruinaría y, además, ninguno me agrada...

—Señorita Rostchild, puedo entender su tristeza por la pérdida de su padre y su falta de entusiasmo, pero soñar con regresar con sus parientes franceses es una completa utopía. Olvídelo. No podrá hacerlo. No sin antes no tiene un esposo que cuide de usted. Debe entender que necesita de un hombre, un marido que vele por su seguridad y bienestar porque ahora es la rica heredera soltera.

Ella soportó el sermón y luego le rogó que le permitiera retirarse.

No quería conocer a ningún pretendiente aceptable y aprobado por su señoría. Si no podía tener a Stephen... no quería a ninguno.

—Está bien, puede irse. Pero recuerde lo que le dije. Debe aceptar un esposo, escoger al caballero que sea de su agrado. Aunque no esté segura de querer casarse y prefiera huir a Francia. No podrá abandonar esta casa si no lo hace del brazo de su esposo.

Agnes se detuvo y lo miró.

—¿Y qué ha pasado con el doctor Norton? ¿Por qué no responde mis cartas?

Su pregunta le tomó por sorpresa.

—Señorita, el correo demora, no es como en Londres, aquí todo es más lento, pero no se preocupe. Su abogado tiene que venir en dos semanas porque así lo prometió. Él debe ver que usted está feliz en su nuevo hogar y, además, debe entregarme una copia autenticada del testamento, para usted y también creo que sería lo correcto informarle sobre el estado de su herencia.

—¿Entonces vendrán en dos semanas?

—Así es, señorita. Pero le advierto que no habrá cambios en el testamento. yo seguiré siendo su tutor y usted no se irá a Francia como sueña.

Ella no dijo nada. Pensó que era muy pronto para que ese landlord cantara victoria. La joven tenía sus planes y no dejaría que nadie se los arruinara. Si tenía que casarse lo haría a su manera. Con un joven bondadoso y gentil y guapo como Stephen Chapman.

Abandonó el recinto, molesta pero aliviada de no tener que ser presentada a más pretendientes esa noche.

****

Las visitas se marcharon al día siguiente y fue un alivio. La casa volvió a su soledad habitual, a excepción de los amigos más cercanos del conde: el doctor Ackerman y el capitán Murphy, y su primo Stephen Chapman.

Pero su tutor lo mantuvo alejado de ella todo lo posible, solo lo veía durante el almuerzo y la cena y apenas tenían oportunidad de conversar.

Agnes pensó con tristeza que todo se le negaba en este mundo. Sin familia, sin herencia y ahora también sin festejantes como si su malvado tutor quisiera castigarla por no escoger al pretendiente adecuado. ¿Y cuál era el más adecuado? ¿Por qué no podía ser su primo, un caballero soltero, educado y culto que además era todo un caballero?

Pero lord Hastings debía mostrarle cómo trabajar con los arrendatarios y todas las mañanas lo llevaba a recorrer las propiedades y también le enseñaba a leer los libros de gastos de sus administradores. Al parecer sir Chapman había heredado una gran propiedad y no estaba preparado pues en vez de quedarse con su padre y aprender se había establecido en Londres para convertirse en abogado. Eso le explicó Meg, la doncella de ojos saltones cuando ella se quejó que nunca veía a sir Chapman y le apreciaba mucho.

La criada se dio cuenta de su interés por el primo del conde y sonrió con picardía y le explicó que el joven sir estaba allí para aprender a manejar su heredad que era inmensa y próspera. Su primo, lord Hastings estaba ayudándole en todo lo que podía.

Luego le dijo:

—Se quedará aquí un tiempo al parecer... Es un buen hombre señorita, un verdadero caballero, gentil y educado. Solo que no está hecho para dirigir una propiedad tan importante, es demasiado bueno y blando con sus arrendatarios o eso dicen.

Agnes se sonrojó al hablar de Stephen. Esperaba que se quedara un buen tiempo, el necesario para conquistarle y convencerle de que le pidiera matrimonio.

Una mañana su tutor tuvo que irse temprano para resolver un asunto de suma importancia o eso le dijeron sus criados.

Pensó que era la oportunidad que esperaba para acercarse a Stephen.

Se sintió muy osada de pensar esas cosas, pero pensó que debía dar un paseo aprovechando que su tutor no estaba. El día era helado, pero al menos había un poco de sol. Debía aprovecharlo.

Pero la joven francesa no esperaba que su doncella se mostrara temerosa cuando le contó sus planes de dar un paseo.

—Señorita, aguarde, iré a preguntar.

¿Entonces debía pedir permiso para salir como si fuera una niña?

Se había aprontado para salir y esperaba encontrar a Stephen recorriendo los campos en su caballo, si demoraban en darle permiso...

Estaba muy molesta cuando finalmente llegó Meg su doncella con expresión de que no la dejaban salir.

—Lo siento señorita, es que no puede usted dar un paseo sola y en estos momentos todos los criados están aseando la mansión. Nadie puede acompañarla.

—Pero tú sí, Meg. Por favor, acompáñame.

Ella la miró asustada.

—Pero no puedo ir, señorita. No me permiten salir de la casa, debo atenderla a usted y estar lista por si necesita algo.

—OH, pero esto es demasiado—se quejó Agnes.

—Además no puede ir sola conmigo. ¿Yo qué podría hacer para protegerla? Debe ir con dos criados y uno de ellos debe ser un mozo alto y fortachón.

—Pero se irá el sol... qué malvada es la señora Barret. Estoy segura de que esto es cosa suya.

—OH no, no es ella, son órdenes del conde, señorita, no se enfade por favor. Es que debió avisar antes. Si lo pide hoy, mañana...

Agnes pensó que si se quedaba encerrada un rato más en ese cuarto estallaría. Así que fue a caminar por la casa.

—Señorita, aguarde, por favor, no puede salir.

Ella se detuvo y miró a la criada.

—No lo haré, solo daré un paseo por la casa al menos. Estoy harta de estar en mi habitación—le respondió.

—Está bien, iré con usted, señorita Rostchild.

—No necesito acompañantes, en realidad solo quiero estar sola.

Meg la miró alarmada pero no dijo nada y la siguió como un fantasma.

Pero la joven francesa era rápida y no tardó en dejarla atrás aventurándose por una zona de la casa desconocida y mucho más vieja y helada. Avanzó con sigilo subiendo la escalera demasiado rápido y se detuvo frente a una puerta pequeña que se abrió si hacer ruido.

A la distancia pudo escuchar a la criada de ojos saltones llamarla y sonrió. Al menos tendría un poco de diversión puesto que no podía salir.

Cuando entró en esa parte de la casa le pareció rara, aterradora. Silenciosa... no era un lugar agradable para ver y sin embargo sintió curiosidad pues no entendía qué podrían ver en esos aposentos. ¿Sería el lugar donde guardaban trastos viejos o muebles para reparar?

Sin embargo, no encontró nada en malas condiciones, al contrario, todo estaba cubierto con sábanas blancas como si no se usara.

Y de pronto vio que había más habitaciones y al parecer estaban amuebladas y al parecer alguien había estado allí recientemente pues vio un sombrero colgado. Y entonces vio un retrato mural de una joven rubia de ojos muy grandes y azules. Bella y delicada como un ángel, aunque algo regordeta para ser considerada realmente hermosa, pero....

Era un rostro para mirar más de una vez. Y sin embargo la dama rubia parecía algo asustada, reticente, un gesto que hacía con las manos y su cabello recogido le hacía pensar en una dama fría o gazmoña.

Sin embargo, de pronto pensó que conocía a esa dama, la había visto en otra ocasión y no podía recordar. ¿Quizás había otra pintura similar en la sala principal?

De pronto vio algo en la placa, un nombre y flores en una mesita. Flores frescas y velones blanco por doquier como si eso fuera un santuario.

"¡Oh mon Dieu!" musitó la joven conmovida.

De pronto supo quién era la dama del retrato, era la esposa bienamada del conde.

—Señorita Agnes, ¿qué hace usted aquí? —dijo una voz a sus espaldas.

Pensó que era el conde y dio un salto, aterrada para encontrarse con Stephen Chapman cara a cara.

Lo miró sonrojada.

—Es que me había perdido y entré aquí.

No era una explicación convincente y él no estaba enfadado miró un momento el retrato y luego a ella y sonrió.

—Llevan rato buscándola, señorita Rostchild. Su doncella estaba muy asustada, quería encontrarla antes de la llegada de mi primo —le respondió él.

—Lo lamento, es que me perdí —dijo.

Ambos miraron el retrato y él dijo que era la esposa muerta de su primo.

—Él la adoraba, todavía la ama—dijo.

Ella lo miró molesta.

—Amar a una muerta, qué triste. Ni siquiera creo que fuera una buena esposa. Se ve demasiado fría.

Cuando dijo eso los ojos oscuros de Stephen se abrieron como platos.

—OH no diga eso por favor. No es verdad. Que nadie la escuche o le dirán a mi primo. Ellos se amaban, ¿sabe?

Agnes se dio cuenta que había dicho una tontería y se disculpó. Ese encierro la tenía de mal humor y se desquitaba con esa joven de ojos saltones porque no le agradaba, ni creía que fuera tan bonita para ser venerada.

—Lo siento, es que estoy de mal humor. Será mejor que me vaya de aquí—dijo.

Agnes se alejó y fue hasta la puerta para encontrarse con Stephen.

—Señorita, aguarde debo hablar con usted—le dijo él.

Ella se detuvo en el acto y lo miró esperanzada. ¿Acaso le diría algo? ¿Sería posible que hubiera caído en sus redes tan pronto? Su corazón latió acelerado.

—Mi primo me ha pedido que me aleje de usted, señorita Rostchild. Creo que nuestra amistad le parece inconveniente. Por favor, no crea que la evito o soy descortés, pero él me ha hecho comprender que es no es buena idea.

Agnes sintió que le clavaban una daga en el pescuezo como a un cerdo de campo, era algo horrible cómo mataban los ingleses a los cerdos y a otros animales. Cuando lo vio de visita en una granja fue a vomitar porque realmente le dio náuseas. Así se sintió entonces. Como un cerdo a punto de ser degollado y luego se dijo que estaba exagerando y debía recomponerse del golpe a su orgullo. Pensó en decir algo como:

"bueno, por supuesto, no tiene importancia" pero sí la tenía, su tutor era un malvado y de eso no tenía dudas.

Tragó saliva y pensó antes de darle una respuesta.

—¿Y por qué se lo ha pedido? Usted es el único ser amable y bondadoso en esta casa—se quejó ella al borde de las lágrimas—Y yo le aprecio mucho.

Él se le acercó y la miró embobado y de pronto tomó sus manos y las besó.

—No se ofenda por favor, sus palabras me dan mucha alegría.

Agnes seguía enfadada, pero él sostuvo sus manos y la miró embobado.

—Mi primo debe encontrarle un esposo, señorita Rostchild y piensa que nuestra amistad sería mal vista por sus pretendientes futuros. Que no sería adecuado que un tutor alentara a su primo en tener amistad con su protegida... Él hace conjeturas, parece imaginar que entre ambos pasa algo y yo le aseguré que solo éramos amigos.

Ahora sí estaba temblando de rabia. ¿Primero la espiaba, la miraba embobado y ahora le decía que solo eran amigos? ¿Acaso quería volverla loca? ¿Qué rayos pasaba con esos ingleses?

—¿Cree que soy tonta sir Chapman? ¿De qué pretendientes habla su primo? Futuros y lejanos... para quienes debo cuidar el qué dirán y mi reputación. Pero por supuesto, usted le obedecerá y yo no deseo causarle problemas.

Finalmente había optado por calmarse y rescatar lo poco que le quedaba de orgullo y dignidad. Pues a fin de cuenta solo tenían una amistad. Aunque ella hubiera imaginado que había algo más.

Sin embargo, él sí parecía afectado, mucho más que ella.

—No se enfade por favor, no lo tome así—dijo el joven.

—Entonces supongo que no debo dirigirle la palabra ni acercarme a usted para que las comadres no hablen o para no disgustar a su primo—Agnes enrojeció.

—OH no diga eso por favor, no me prive de su amistad o aprecio señorita.

Los ojos de la francesa echaban chispas a esa altura porque ese hombre parecía jugar con ella al final.

—Pero debe usted obedecer a su primo y complacerle y yo no quiero causarle problemas. Aunque no logro entender por qué nuestra amistad sería una mala idea según mi tutor.

—Señorita, él es su tutor y debe cuidar de usted y ayudarle a escoger esposo. Nos ha visto conversar y cree que al ser mayor que usted podría intentar seducirla y convencerla de ser mi esposa y si eso pasara, algo improbable por supuesto, no sería ético sino oportunista desde todo punto de vista. Quedaría él como un vulgar cazafortunas que solo piensa en hacer una boda ventajosa con la rica heredera que es protegida de su primo.

Agnes sonrió.

—Su primo se precipita al suponer e imaginar cosas que no son.

—Eso mismo le dije, pero...

—Pero por supuesto, debe obedecer a su primo que solo quiere imponerme pretendientes que él considera apropiados. Pues ninguno es de mi agrado. Esos caballeros son insípidos, tontos, son poca cosa para mí. Los he visto demasiadas veces en Londres, hasta parecen hablar todos de la misma forma. Y ya le advertí a su primo que no pienso casarme. Y en cuanto lleguen mis abogados me iré de esta casa, sir Chapman.

—Oh no diga eso por favor... no se ofenda. Perdóneme. Solo quise hablarle de mi conversación con mi primo y ser sincero con usted.

—Por supuesto. Es usted gentil, pero me parece precipitado creer que, porque usted me agrada y ha sido tan bondadoso conmigo, me casaré con usted mañana. Su primo cree que las cosas ocurren tan rápido, como si yo estuviera planeando dar el gran golpe al seducirle y empujarle a una boda para escapar de aquí.

—Señorita, mi primo sabe que eso no pasará solo que me ha pedido que me aleje y no me he enfadado por ello.

Agnes se sintió desilusionada de ese hombre. Era un cobarde. Prefería acatar las órdenes de su primo que...

Tragó saliva y se sintió horriblemente molesta y rechazada y pensó que ya se había sentido así antes cuando un malvado conde que le llevaba uno cuantos años y era el hombre más guapo que había conocido jamás quiso enamorarla y seducirla para empujarla a una boda. Sus besos eran algo estremecedor y ardiente, tanto que... estuvo a punto de perder la cabeza por ese hombre y huir con él como le pedía. Hasta que su padre la encerró y le dijo que el conde de Roushton era un seductor, un caballero arruinado que solo quería su fortuna. Ella no le creyó una palabra. Estaba ciega. Loca de amor por ese caballero galante que le doblaba la edad. Siempre le habían gustado mayores. Los prefería a los muy jóvenes. El hombre maduro tenía un encanto especial, un aplomo que a ella le encantaba.

—Señorita, aguarde, no se vaya.

La voz de Stephen la despertó de sus tristes recuerdos, la locura que casi hace por amor a lord Barret. Casi huyó con él, pero su padre la descubrió y la castigó y ella lloró un mes entero y luchó por escapar hasta que supo que su amor se había fugado con una rica heredera llamada Euphemia Cavendish, hija de un socio de su padre. Una joven rubicunda y algo tonta.

Sintió cómo se rompía su corazón en mil pedazos y se juró que eso no volvería a pasar jamás. No se casaría con un maldito lord inglés oportunista y farsante porque para ellos no era más que una presa codiciada. Un tesoro para un pirata.

Y ahora no podía saber por qué ese guapo caballero de Cumbria la hacía sentir ese dolor en el corazón, le recordaba a ese otro dolor que se juró no sentir jamás y lo miró temblando sin poder disimular sus lágrimas.

—Déjeme en paz, deje de buscarme. No volveré a hablar con usted, no es más que un cobarde como todos, como su primo y como todos los lores ingleses, solo son osados cuando las cuentas los agobian y el agua le llega al cuello—le dijo fuera de sí perdiendo el control de sí pues había estado ahogando esas palabras durante todo el tiempo que duró esa triste conversación. Y aunque le dio alivio también sintió que delataba demasiado sus sentimientos.

Él la miró sorprendido de su arrebato, pero no dijo nada y ella secó sus lágrimas de rabia y dolor y se alejó corriendo.

Estaba tan molesta que habría roto alguno de esos lujosos muebles, pero no lo hizo y simplemente se precipitó escaleras abajo deseando más que nada entrar en su habitación y cerrar la puerta de un portazo, pero entonces tuvo la mala suerte de tropezar con la boba doncella de ojos saltones y la tiró al suelo sin querer. Tuvo que detenerse y ayudarla y disculparse. Rayos. ¿Por qué todo le salía mal ese día? Era esa casa endiablada de Cumbria, allí nada crecía, nada prosperaba y todo parecía condenado al fracaso.

Meg la miró asustada, pero en realidad esa era su cara de siempre pero ahora parecía además dolorida por la caída.

—Lo lamento, Meg, no la vi.

—Señorita, no se preocupe. ¿Qué le pasó? ¿Por qué corría así? Parece haber visto un fantasma y está llorando—le respondió la doncella mientras se incorporaba lentamente y otra criada la ayudaba pues Agnes no podía sola.

—Estoy bien, solo fui a recorrer la mansión—le respondió.

—Pero la vi correr—dijo ella preocupada.

Entonces todas vieron aparecer a sir Chapman en la escalera y Agnes enrojeció y apartó la mirada y regresó a su habitación.

Al parecer su pequeña aventura matinal había terminado y estaría mejor encerrada en su habitación para que ningún tonto galán la molestara.

Su tutor regresó ese mismo día al atardecer. Lo vio desde su habitación con gesto sombrío mientras sus ojos se desviaban a las piernas fuertes de ese hombre al descender de su caballo. No debió ir muy lejos pues regresaba a caballo. Tragó saliva al pensar en lo guapo y malvado que era. Él había apartado al único hombre que le gustaba en esa casa, su primo Stephen, su maldad no tenía límites. No solo la mantenía encerrada en esa mansión, sino que le quitaba la posibilidad de tener un esposo guapo y agradable.

Aunque ahora se daba cuenta que solo había estado imaginando cosas.

Las palabras de Stephen la hicieron llorar de rabia, solo había sido amable y gentil, sus miradas no habían significado nada.

Al parecer había mal interpretado todo.

Sir Chapman solo quería cuidarla, era el enviado de su primo, su espía y emisario. Quizás la cuidaba por orden de lord Hastings, pero cuando los vio charlar y pasar demasiado tiempo juntos le hizo ver que esa amistad no era buena para él y Stephen lo había aceptado sin quejarse.

De pronto lo vio acercarse a lord Hastings y volvió a temblar de rabia.

Rayos, en esos momentos no sabía a quién odiaba más. A su tutor o a su primo por romperle el corazón así.

No exageraba, ella realmente creía que había algo más.

Qué tonta era.

"Al final solo quiso ser amable con ella" pensó y se apartó de la ventana con tristeza para no verle.

****

El invierno se instaló en Cumbria de forma definitiva y con él el frío, los días grises y solitarios.

Stephen intentó acercarse a ella, parecía arrepentido de sus palabras y Agnes aceptó su compañía sin hacerse demasiadas ilusiones.

Su tutor pareció rendirse. No volvió a organizar tertulias, pero sí se reunía con sus amigos solterones todos los lunes y los jueves. También salía sin decir a dónde iba y desaparecía por horas.

Una mañana Stephen la invitó a dar un paseo por los alrededores aprovechando el lindo día de sol. Agnes iba a negarse, pero ver el sol a través de la ventana rompía la vista y ella se lo pasaba encerrada. Nunca podía salir, y ya casi había dejado de pedir permiso, harta de que se lo negaran porque nadie podía acompañarla.

Esa casa era como una bruja loca y malvada, todos allí eran antipáticos y hostiles, a excepción de su doncella Meg, los demás eran unos criados malos que la miraban con altanería, supuso que no por ser una lady.

—Está bien, iré con usted—respondió —pero debo ir por mi abrigo antes.

Corrió por su pelliza antes de que su tutor dijera que no o algo malo pasara.

Había estado días sin hablarle casi, molesta por la última conversación que habían tenido, pero en realidad una invitación a caminar no significaba que algo fuera a cambiar, solo le ofrecía un escape a esa casa endiablada y ella la aceptaba.

Sin embargo, al llegar a su habitación pintó sus labios de carmín y le dio algo de carbón a sus pestañas. Era coqueta. Solo eso. Además, estaba molesta con ese joven y no pensaba en nada con respecto a él.

Stephen la esperaba en el comedor algo inquieto.

Sus ojos la miraron con intensidad y le sonrió. Su sonrisa cálida era una caricia al corazón, pero ella no sonrió, sino que esquivó su mirada. Solo le acompañaría como su amiga, nada más. Ya no pensaba que ese joven fuera un buen esposo. Él le había dejado muy claro que su primo no lo aprobaría.

Pero al llegar a los verdes prados circundantes y alejarse de la mansión tuvo ganas de correr, de escapar, era todo cuanto quería en esos momentos. Huir...

—Señorita Rostchild, aguarde—le gritó Stephen.

La jovencita se detuvo y lo miró.

—Solo quería correr, llevo tanto tiempo encerrada aquí—se quejó.

Él también corrió para alcanzarla y lo hizo sin esfuerzo.

—Miente, quiere escaparse preciosa. No mienta... no sabe hacerlo.

Agnes se sonrojó. La había llamado preciosa y la había mirado de esa forma que tanto la incomodaba. Ese hombre estaba loco por ella o tal vez solo la consideraba muy guapa pero no podía disimularlo.

—Pues nadie podría culparme de pensar en escapar, sir Chapman—se quejó y sus ojos se llenaron de lágrimas y lloró sin importarle que él pensara que era una caprichosa o una joven quejosa—Usted no sabe cuánto sufro encerrada aquí, usted no imagina... Mi vida era tan feliz antes, lo tenía todo, tenía un padre amoroso, bondadoso, siempre entusiasta y alegre... viajábamos de un lado a otro del país, jamás me dijo que estaba enfermo y de la noche a la mañana lo perdí todo y un grupo de siniestros abogados me trajo a esta casa horrible y helada donde todos me miran con desdén por no ser una lady como las señoras que frecuentan esta mansión.

Él la escuchó y de pronto se acercó y tomó su mano y luego sacó un pañuelo de su chaqueta y secó sus lágrimas.

—Eso es muy triste e injusto señorita. Nadie debe tratarla así ni tampoco... imagino su dolor porque la vida también me ha golpeado a quitarme a los dos seres que más amaba en poco tiempo: a mis padres. Pero no piense locuras, se lo ruego. No intente escapar.

—No lo haré, solo siento la desesperación en mi corazón y pienso tonterías, pero sé que no lo haría. No puedo hacerlo. ¿A dónde iría?

Ella bajó la mirada y secó sus lágrimas que pujaban por salir y de pronto él la abrazó y miró sus labios con deseo y ella simplemente dejó que la besara.

Un beso suave y dulce que logró que dejara de sentirse triste al igual que ese cálido abrazo. Ese hombre despertaba cosas en todo su ser y ese beso intenso y profundo la dejó temblando con un extraño deseo.

—Preciosa, deseé hacer esto desde el día en que la vi por primera vez aquí—le confesó y la llevó a un lugar alejado cubierto de espesa vegetación para besarla de nuevo y decirle con voz susurrante—Por favor, cásese conmigo, creo que la amo y que la amé desde el primer día que la vi. Nunca antes sentí tanto dolor por tener que alejarme de usted y verme privado de su compañía como estos días.

Agnes se sonrojó y sintió que le gustaba mucho ese hombre, besaba tan bien y era delicado y tierno.

—Oh sir Chapman, acaba de declararme su amor y me ha pedido que sea su esposa... Creí que ya no quería verme, que su primo...usted me lastimó, no sé qué pensar de usted ahora.

—Perdóneme por favor, no quise herirla, solo explicarle por qué tuve que alejarme de usted esos días, no quería hacerlo. Y quiero decirle que no me importa lo que mi primo crea, solo lo que usted sienta y desee señorita. Sé que necesita un esposo y que sueña con salir de aquí. Y yo la necesito a usted para respirar y ser feliz, porque moriría de tristeza si se casara con otro hombre, no podría soportarlo—le dijo.

—Pero sabe que su primo no lo aprobaría, ya se lo dijo antes.

—Señorita Rostchild, soy un hombre, mi primo no manda sobre mí, no es mi padre ni mi hermano. Yo sí quiero convertirla en mi esposa y no me importa si Pearce se opone. Sé que es algo precipitado, pero ...es usted tan dulce y frágil, quiero protegerla, cuidar de usted... nadie me pidió que lo hiciera, yo quise hacerlo. Vivo pendiente de usted aun cuando dijo que ya no quería verme porque mis palabras la enfadaron y no me dejó explicarle ese día.

Agnes sintió su corazón latir acelerado cuando él buscó sus labios y la abrazó muy fuerte y ella respondió a ese beso sin responderle, sin saber si eso era un arrebato o era real. De pronto se sentía una heroína de una novela de folletín, de esas que estaban tan de moda en su país. Cuando todos los problemas de una dama se solucionaban con un beso mágico y ardiente y aun propuesta de matrimonio.

Quizás por eso todo le pareció irreal.

—¿Usted se casaría conmigo para salvarme, sir Chapman? —le preguntó dudando.

Él asintió.

—Por supuesto que sí. La llevaré conmigo, le daré un hogar. Todo lo que tengo será suyo y no tendrá que regresar a Francia ni buscar a sus parientes, tendría un hogar y un esposo. Yo la amaría y cuidaría más que a mi vida señorita.

—¿Y si su primo no lo aprueba, si él no firma nuestra acta de bodas? ¿Es que no ha pensado en eso?

—Lo convenceré señorita, buscaré la forma. Solo acepte ser mía y yo moveré cielo y tierra para conseguir una dispensa especial. Puedo tenerla, tengo un amigo que es reverendo en el distrito, él nos casaría sin problemas.

Estaba tan loco por ella que ni siquiera le importaba conocer sus sentimientos, solo le ofrecía amor y protección y un hogar. Era todo cuanto necesitaba en esos momentos y lo sabía.

—Usted me lastimó, ¿sabe? Fue tan amable conmigo al comienzo, pero luego pensé que no le importaba que solo estaba siendo gentil.

—No lo hice solo por ser gentil, ahora sabe que lo hice porque creo que quise que fuera mi esposa el día que la conocí. Fue tan fuerte lo que sentí cuando la conocí, cuando estoy con usted, pero sé que necesita tiempo para darme una respuesta que tal vez...

—No necesito tiempo sir Chapman, por supuesto que quisiera ser su esposa, solo quisiera que fuera real pues temo que esto sea un sueño. Tengo la sensación de que despertaré y usted negará haberme hablado hoy.

Cuando dijo eso él le aseguró que no era un sueño y hablaba en serio.

—Sé que es precipitado, que es muy pronto, pero si no está segura ahora yo puedo esperar, señorita.

—Sir Chapman, usted no me conoce. No sé si sea la esposa apropiada para usted, por algo su primo le ha pedido que se aleje de mí.

Su expresión cambió.

—No es por eso, por supuesto que sería la esposa ideal para mí, es la única que quiero tener, se lo aseguro. Mi primo se opuso por otra razón, porque pensaba que no era correcto, que sus abogados se enfadarían si nuestra amistad llegaba a algo más serio.

Agnes tragó saliva.

—¿Y qué pensaría su familia de nuestra boda, sus tíos y parientes, sus amistades? No soy una lady, sir Chapman. Mi padre era un hombre rico sí, pero no tenía títulos ni...

—Eso no me importa señorita, soy un hombre ¿sabe? Y siempre supe que decidiría por mi cuenta cuando fuera el momento de escoger esposa guiándome por la sensatez y también por las cualidades de la dama. Pero no busco aprovecharme de su herencia. No quiero un chelín de esa herencia se lo aseguro, no la necesito, soy un hombre rico. Solo la quiero a usted por eso le pido que reconsidere señorita, que deberá renunciar a su apellido y tendrá el mío y también deberá olvidar su idea extravagante de viajar a Francia.

Agnes pensó que le pedía demasiado.

—Pero quisiera ver a mi tía y a mis primas que viven en París, les debo una visita hace tiempo. No puede prohibirme que renuncie a mi sueño de volver a mi país, sabe cuánto anhelo reencontrarme con mis tías. Sir Chapman usted me agrada, es un buen hombre, pero no quiero ser su esposa inglesa confinada a una casa helada y embrujada en Cumbria el resto de mis días. No puede ser tan cruel de querer encerrar a una esposa joven y alegre en el campo prohibiéndole viajar.

—Señorita nunca dije eso, solo que usted pretende vivir en Francia y eso sería incompatible con la vida de una esposa casada con un inglés. Casada conmigo.

—¿Pero me llevaría a Francia de viaje un tiempo para ver a mis familiares? Si lo hace, si me promete que lo hará yo.... Yo me casaría con usted sir Chapman. Me convertiría en su esposa—dijo. —Pero deberá dejarme ir a Londres a ver a mis amigas. Este lugar es muy frío para mí, no logro soportarlo. Demasiado frío y húmedo. Es como vivir rodeada de hielo.

Él se acercó y tomó su mano.

—Lo prometo señorita, si usted se convierte en mi esposa yo la llevaré a Francia a visitar a sus parientes, la acompañaré. Y no la encerraré en la casa, se lo aseguro, seré un buen esposo y cuidaré de usted, señorita.

—Pues si no cumple sus promesas lo abandonaré sir Chapman, aunque sea su esposa.

Él la miró horrorizado de que le dijera eso.

—Muchos caballeros prometen amor y devoción y en realidad solo les mueve el deseo egoísta, o luego olvidan sus promesas y encierras a sus esposas y las tratan peor que a un perro.

Ahora el joven se había puesto pálido y sus ojos eran casi tan grandes como los de su doncella Meg.

—Señorita Rostchild, por favor, no diga eso. ¿Qué clase de cretino sinvergüenza le haría daño a una mujer y mucho menos a su esposa? Eso que dice es terrible y le aseguro que en mi familia somos caballeros y jamás...

—Está bien, solo quería advertirle. Sé defenderme, y podría escapar aquí si quisiera... no lo hago porque temo quedar ahogada en ese horrible pantano.

—No podría escapar de esta propiedad señorita, la vigilan día y noche y jamás puede salir sin avisar.

Ella lo miró ceñuda.

—Es verdad, soy una prisionera y temo caer en otra prisión si acepto convertirme en su esposa —dijo y se alejó molesta y crispada.

Pero el joven se interpuso en su camino y ella casi cayó en sus brazos pues tropezó con él.

—No será mi prisionera, no soy un hombre malvado señorita. Se lo juro. Puede preguntarle a quienes me conocen, a mis amigos y parientes. Jamás le haría daño y le doy mi palabra de caballero—dijo.

Agnes lo miró y él vio sus ojos dulces y grandes y esa boca carnosa y pequeña que tanto lo tentaba.

—Cásese conmigo, prometa que será mía, mi esposa—le dijo.

La forma en que pronunció esa frase con el énfasis le hizo comprender que realmente la quería tener, como su amante, su amor, su esposa, solo suya, abrazada y desnuda completamente en una cama, besándola y... se sonrojó al imaginar lo demás. No era una joven tan inocente como parecía, sabía algo de esas cosas, aunque no todo lo que pasaba en la noche de bodas.

—¿Qué me responde, preciosa? —le preguntó en un susurro.

Ella tardó en responderle para hacerse desear un poco.

—Oh sí, por supuesto que quiero ser su esposa, Monsieur—le respondió ella y él le dio un beso desesperado para sellar su promesa despertando en ella un extraño cosquilleo por todo el cuerpo.

Sus besos eran tan dulces y tiernos, pero ella buscó el refugio de su pecho, ese abrazo apretado y cálido. Buscaba su calor, su cariño, y pensó que era la primera vez que quería tener un esposo y sentía la necesidad de un hombre que le hiciera el amor y la convirtiera en su esposa. Pero luego se preguntó si lord Hastings lo permitiría, pero en esos momentos solo quería estar en sus brazos y sentir sus besos y palabras bonitas.

Pero al regresar, una hora después apareció lord Hastings mirándolos como si fueran dos bandidos que habían cometido una fechoría y querían disculparse. Miró a uno y a otro y finalmente fue su primo quién le preguntó si podían conversar. Ella sonrió y bajó la mirada sonrojada.

Cuando entró en su habitación se miró en el espejo y se vio hermosa, radiante, como hacía tiempo que no se veía. Casi desde la muerte de su padre y apretó los labios. Sabía por qué era. Luego de tanto dolor y rabia, de sentirse una prisionera en esa casa al fin veía una luz al final de tanta oscuridad y tristeza. Aunque tuviera que casarse sin estar enamorada como un día soñó, aunque habría preferido casarse con un hombre como su tutor no era tan tonta de dejarse llevar por sueños que sabía eran imposibles. Además, le gustaba mucho Stephen, le gustaban sus besos y parecía un buen hombre y estaba loco de amor por ella, y eso era mucho mejor que dejarse llevar por vanas fantasías románticas. Su tutor ni siquiera la miraba y solo quería librarse de ella. Pues ahora debería ser su pariente. Sonrió secretamente al pensar en el disgusto que eso le causaría. Pero su sonrisa se borró al pensar en que podía evitar esa boda y prohibirle a su primo que volviera a verla. Expulsarle de la mansión o simplemente oponerse firmemente a esa boda.

A solas en su habitación solo pudo llamar a su doncella para que la ayudara a cambiarse para el almuerzo, pero entonces supo que no habría almuerzo ni reunión ese día y que debería almorzar sola en su habitación. Saber eso la desanimó bastante y apenas pudo probar bocado mientras pensaba qué rayos pasaría ahora que su tutor sabía que su primo le había pedido matrimonio.

—Señorita Rostchild, no ha comido nada—le dijo entonces una criada que fue a retirar la bandeja de plata.

Ella miró a la criada molesta. ¿Qué le importaba? ¿Acaso iría corriendo a decirle a milord?

Apartó la mirada y se acercó a la ventana más malhumorada que nunca. Como si ese hombre lo hubiera arruinado todo, el pedido de mano, ese beso apasionado y dulce...

****

No pensó que su tutor la enviaría a buscar a media tarde para que se presentara en la biblioteca ni que al llegar estaría tan nerviosa que se pondría como un tomate al encontrar a su tutor de mal talante mirándola como si hubiera cometido un crimen.

—Señorita Rostchild, por favor, tome asiento. No tenga miedo. Creo que tengo que conversar con usted porque ha ocurrido algo inesperado y extraño este día.

Ella obedeció y miró a Stephen que parecía algo nervioso y tenso.

—Mi primo le ha pedido matrimonio y usted ha dicho que sí. O eso me ha dicho él y me ha pedido permiso para autorizar la boda.

Agnes tragó saliva y miró a su tutor muy seria.

—Es verdad. Quiero casarme con su primo, Lord Hastings. ¿Acaso no le alegra saber que pronto me iré de aquí?

—Pues no lo hará tan pronto como cree, señorita. Resulta que hay un ligero inconveniente con su futura boda.

—¿Un inconveniente?

—Que usted no puede casarse hasta cumplir los veintiunos y yo debo autorizar su boda.

—Pero falta más de un año para eso, lord Hastings. —Agnes sintió que ese hombre malvado lo había tramado todo.

—Bueno, pero es lo que dice el testamento.

—El testamento no decía eso en ningún lado, lord Hastings solo mencionaba que si no lograba encontrar un esposo adecuado a los veintiuno recibiría una parte de mi herencia—dijo la joven con impertinencia.

Entonces ambos se miraron y fue su tutor quien le mostró una copia manuscrita del documento firmado por él.

Agnes lo leyó donde señalaba su tutor y sintió que todo se desmoronaba.

—Esto es una locura. Jamás leí nada de eso.

—Pues es una condición de su padre para que usted sea su heredera.

—Lord Hastings, jamás quise ser una heredera. Jamás quise venir aquí ¿y ahora usted me dice que no puedo casarme porque no tengo la edad adecuada como exige el testamento? Es ridículo.

—Señorita, no es ridículo. Su padre sabía que no estaba lista para casarse, no lo estuvo antes, cuando seguramente tenía un ejército de pretendientes y no tiene madurez ahora. Y además le diré que no creo que sea buena idea que se case con un primo mío porque seguramente no lo ha pensado, pero yo temo que sus abogados me acusarán de querer propiciar una boda para intentar lograr beneficios de su fortuna y tener control sobre su herencia. no es ético. No es decente. Esta boda es un problema para mí.

—¿Y no se suponía que usted debía encontrarme un esposo, lord Hastings?

—Usted no prestó atención a ninguno de los pretendientes que le presenté. Solo mi primo despertó su interés. ¿Por qué? ¿Por qué lo escogió a él como esposo? ¿Podría responderme eso, por favor?

—Porque es un caballero, lord Hastings, un hombre bueno y usted lo debe conocer bien, es su primo. ¿Acaso no cree que sería un buen esposo y cuidaría de mí? —replicó ella furiosa.

—No lo niego, señorita, sé que mi primo es un excelente partido para usted en todo sentido. Es bueno, gentil y todo un caballero, por supuesto que la cuidaría, pero ahora no podrían casarse. Deberían esperar el tiempo indicado en el testamento.

—Pues yo no esperaré un año. Hable con mi albacea, con mi abogado, lord Hastings. Se lo ruego. No voy a cambiar de parecer. He dado mi palabra de que me convertiré en la esposa de su primo y ahora él creerá que...

—Mi primo ya lo sabe, señorita. Yo hablé con él esta mañana luego de que él me dijo lo que planeaba hacer.

—Pero debe haber alguna manera, por favor.

Al ver que insistía él dijo que podía hablar con su abogado el doctor Norton, por supuesto.

—Señorita, puede usted casarse si lo desea, pero quiero que lo piense con más calma. Hace poco que trata a mi primo y las prisas no son buenas para celebrar una boda. Usted necesita conocer un poco más a mi primo y él a usted.

—Por supuesto, eso es razonable. No me ofende en absoluto su sugerencia, milord.

Él asintió satisfecho.

—Pero le ruego que no se oponga a nuestra boda, yo no soy una joven inmadura. Ni tampoco una niña mimada, si acepté casarme con su primo es porque realmente quiero que sea mi esposo. Es un buen hombre y fue único que me trató con afecto desde mi llegada.

Esa frase no fue muy feliz, pero Agnes estaba algo tensa por la mirada azul fría de su tutor y también porque sabía que él se oponía a su boda.

—Señorita, sé que todo esto ha sido muy duro para usted y lo entiendo. Soy un desconocido para usted, y este lugar es muy frío y en esta época no hay fiestas ni demasiados paseos al aire libre por el frío, pero...

De pronto llegó Stephen para interrumpir la conversación y Agnes le miró sonrojada. Le hizo tan feliz verle allí, aunque sintió rabia y tristeza al pensar que la obligarían a esperar un año. Un año entero encerrada en ese infierno helado era demasiado.

—Señorita Rostchild, no se preocupe. Mi primo no se opone a nuestra boda, solo me ha pedido calma y mesura. Dijo que debo darle tiempo y eso no me ofende.

Ella lo miró al borde del llanto y luego miró a su tutor furiosa. Pues no se saldría con la suya.

—Sir Chapman, su primo dice que debo esperar hasta los veintiún años para casarme, pero ciertamente que no he podido entender el testamento. nadie me advirtió de eso.

Él se mostró sorprendido y de pronto le pidió la copia del testamento a su tutor.

Lord Hastings se la cedió algo molesto al parecer y él la leyó. Al parecer no sabía nada al respecto.

Sir Chapman lo leyó y le dijo que su padre le daba plazo de un año para casarse que no era lo mismo que su tutor había dicho para empezar.

—Pero su primo dijo que no puedo casarme hasta los veintiunos.

Ambos se miraron enfrentados.

—Lord Hastings, lo que dice el testamento es que debo casarme pronto y que tengo plazo de un año. Eso no significa que deba esperar tanto. Pero a usted le disgusta mucho esta boda así que mejor no insistir, ¿no es así?

—No me disgusta esta boda, señorita—le respondió su tutor escandalizado—Es solo que me parece precipitada y no muy acertada. Conozco a mi primo y sé que es un hombre bondadoso que tiene además una fortuna sólida y no necesita buscar una heredera, pero eso no es lo que pensarán sus abogados cuando se enteren. Que es una boda ventajosa y no quiero que piensen eso de un primo al que considero casi un hermano.

—¡Al demonio con los abogados! Nunca me ha importado el qué dirán, pues siempre han hablado mal de mí y eso no me afecta.

—Oh no mencione al demonio señorita, no lo haga en mi casa.

—Lo siento, pero no pude encontrar una palabra más apropiada para decir que estoy harta de seguir reglas y más reglas. Jamás debí venir aquí, debí fugarme y viajar a Francia. Esto siempre fue una mala idea.

—Señorita, ya es tarde para lamentaciones.

—No quiero esa herencia, lord Hastings. No me interesa la fortuna que dejó mi padre, siento que no soy digna de ella. Que no hice nada por tenerla. No entiendo nada de sus negocios ni podría manejar todo ese dinero. Me asusta, me pregunto si no sería mejor que mi padre hubiera dejado esos negocios a sus sobrinos alemanes. No sé por qué no lo hizo, por qué me dejó esta herencia. soy muy joven y nunca supe nada de sus negocios. Me pregunto si podría donar ese dinero a la caridad y obras benéficas.

Su tutor la miró con pena y pareció suavizar su actitud.

—Puede hacerlo en cuanto tome posesión de su herencia. Luego de su boda. Pero antes de la boda esta debe ser comunicada a sus abogados y lamentablemente no he podido encontrarles ni hablar con ellos.

—Primo, por favor, deja que me case con la señorita. Sabes que la amé el día que la conocí, tú lo viste. —dijo Stephen—luego hablarás con los abogados. Yo no quiero ninguna herencia ni soy un oportunista vulgar, tú me conoces.

La intervención de Stephen fue inesperada y Agnes se sonrojó pues ese caballero realmente quería que fuera suya y era tan bueno y gentil. Y tan guapo...

Pero Lord Hastings parecía empecinado en invocar la palabra "mesura" "paciencia" ...

—Por supuesto Stephen, jamás pensé eso y sabes las razones por la cual me opuse. Ya hemos tenido esta conversación antes. Sé que tú eres sincero en tu afecto por la señorita Rostchild y que entre ambos ha surgido un entendimiento, pero por desgracia ella es la heredera de un millonario. Y yo soy su tutor y debo informar en el caso que ella quiera casarse y tener el beneplácito de los abogados. Ellos también deben aprobar la boda, el doctor Norton por lo menos. Ahora te ruego que me dejes hablar un momento con la señorita Rostchild. No tardaré.

Stephen dio unos pasos, nervioso, y luego suspiró y se marchó algo alicaído. Agnes no lo perdió de vista.

Su tutor esperó que se marchara para continuar.

—Solo quiero que ambos estén seguros. Conozco bien tus sentimientos, pero ¿qué pasará con la señorita Rostchild? ¿Seguirá deseando casarse en unos días o actúa por impulso, para escapar de esta mansión?

Agnes lo miró furiosa.

—¿Entonces cree que acepté casarme con su primo para escapar de aquí? —le dijo.

Él la miró con una leve sonrisa.

—Señorita no discutiré con usted, no deseo ofenderla, pero quiero poner a prueba su afecto por mi primo y su decisión de convertirse en su esposa. Usted deberá aceptar convertirse en la esposa de un caballero y obedecerle y ser una buena esposa. No puede casarse y luego fugarse y huir a Francia. No lo permitiré. Así que le ruego que piense un poco más esta decisión, porque creo que ha sido tomada con prisas. Necesita madurar su afecto por mi primo y no precipitarse a una boda si no está preparada. No hay prisa, hay tiempo. Todo en la vida lleva tiempo y paciencia y usted no la tiene me temo.

—No voy a cambiar de parecer, su primo es el único hombre que me interesa y él quiere casarse conmigo. ¿Cómo se atreve a separarnos, y a decir que debemos esperar? La vida es efímera, todo es efímero en ese mundo cruel y absurdo. ¿Y si esos abogados han muerto? Eran ancianos y usaban bastón—dijo Agnes furiosa.

—No diga eso por favor, no sea tan trágica. De haber muerto lo habrían anunciado en los periódicos o nos habrían enviado un telegrama.

—Pues las cartas no llegan a esta casa, siempre espero recibir alguna carta y jamás recibo una. Es como vivir en el medio de la nada y estar aislada por completo—se quejó la jovencita.

—Lo siento mucho, señorita Rothschild, lamento que se sienta así. Tenga paciencia, pronto recibirá cartas. Demoran más tiempo de lo habitual a veces.

No, no lo lamentaba, no le importaba un rábano en realidad.

—Pues le aseguro que no cambiaré de parecer, ¿cree que sería incapaz de jugar con los sentimientos de su pariente, su primo lord Hastings? ¿Acaso me cree capaz de tal maldad?

—Oh no lo he pensado en ningún momento, solo deseo que esté segura. Por favor. Un tiempo no les hará mal. Deben conocerse un poco más antes de tomar una decisión tan importante. Mi primo es un hombre, señorita, tiene algunos años más que usted y necesita una esposa buena y obediente, no digo que usted no lo sea, pero... Si realmente está decidida a casarse con él, bueno, deben poner a prueba ese afecto que ha nacido entre ambos de forma espontánea. Y le diré lo que le dije a mi primo: mi enhorabuena, señorita. Solo deseo su felicidad, y la de mi primo y quiero que estén seguros antes de dar un paso tan importante. Porque luego no habrá un paso atrás señorita. Lo siento, pero es la realidad y debo advertirle eso.

Agnes asintió, pero no supo cómo interpretar tanta bondad inesperada. ¿Realmente quería que se casara con su primo o quería lograr exactamente lo contrario al darle ese tiempo prudencial antes de la boda?

Su otra tía, la casamentera que había encontrado marido para todas sus primas dijo que era mejor mantener el encanto y el misterio para los pretendientes. No era bueno conversar tanto ni esperar, las bodas se decidían en tres meses de amores y no mucho más, el tiempo solo causaba desilusión y desencanto. Ya tendrían luego tiempo para reñir, y conocerse bien luego de la boda. Tenían toda una vida por delante por eso ella no aconsejaba los noviazgos largos.

Pero su tutor tenía otra mentalidad y lo que quería era ponerla a prueba a ver cuánto aguantaba encerrada en ese caserón helado y solitario, a ver si con el tiempo sostenía su decisión de casarse con Stephen.

Tuvo la sensación de que lord Hastings no quería esa boda, no pensaba que ella fuera apropiada porque no era una lady o porque estaba verde para el matrimonio.

Pero Agnes guardó silencio y no dijo nada. Aceptó lo inevitable. Solo se sintió mortificada pues no sabía si Stephen compartía los temores de su primo. ¿Creería que ella podría cambiar de opinión con el tiempo y que en realidad deseaba casarse con él para escapar de esa casa?

Toda la alegría de ese momento de pasión parecía haberse evaporado, Stephen parecía incómodo y algo enfadado ese día y se imaginó que tampoco le hacía gracia esperar como le había aconsejado su primo.

Ella estaba simplemente muy enfadada con su tutor y no podía dejar de pensar que él estaba planeando otra jugada para separarles.

****

Pero Stephen no se alejó como ella temía y al día siguiente fueron a dar un paseo a media mañana por los campos.

Ella esperaba que dijera algo de lo que había pasado el día anterior pero no lo hizo. Solo dieron una caminata y le mostró unos lugares muy bonitos de la mansión: el parque de los cisnes. Se llamaba así porque había un estanque en el medio con bellos cisnes, aunque no vio ninguno.

Se sintió inquieta al oír pasos y de pronto se detuvo contemplando el agua verdosa del estanque y miró con disimulo y solo vio la sombra de un hombre muy alto y se estremeció al pensar si sería un criado o su tutor.

—Es un lugar muy bello—dijo dándole la espalda al espía.

—Sí, lo es, hay mucha calma aquí. Venga, señorita Rostchild.

Agnes lo siguió y conoció lugares muy agradables de los alrededores.

Los días siguientes pasaron tiempo a solas en la tarde pues él quería ver a su damita tocar el piano y aunque ella decía no ser muy buena se animó a tocar las piezas que recordaba.

Ella seguía pensando que era un hombre guapo y agradable, tan encantador, pero no sabía qué pensaba él de esta triste charla del otro día y luego de tocar dos piezas de piano notó que la miraba embobado.

—Toca muy bonito y su voz es muy dulce, señorita.

Agnes sonrió y bajó la mirada en señal de maliciosa coquetería.

—Gracias sir Chapman, es muy amable pero mi voz no es especial, en realidad cantaba de niña las canciones francesas que me cantaba mi madre y luego aprendí algunas al llegar aquí pues todas mis amigas sabían cantar y tocar el piano.

—Es un voz bella y femenina, como usted señorita.

Ambos se miraron y de pronto al estar a solas y con la música se creó cierta intimidad.

—Señorita, lamento mucho la charla del otro día, no quería que mi primo hiciera eso y no debió decirle esas cosas. Fue muy duro con usted y se lo dije. Tuvimos una conversación muy seria después—le dijo de pronto sir Chapman.

Ella dejó de tocar el piano y lo miró.

—Está bien, entiendo las reservas de su primo, sir Chapman. Él cree que soy una heredera consentida y que no tomaré en serio el compromiso.

—Yo sé que no es así, señorita no crea que seguiré su consejo. Soy un hombre y nadie me dará consejos de qué hacer con mi vida y con quién debo casarme. Solo mis padres podían hacerlo y ellos ya no están.

Parecía enfadado, molesto y luego la miró.

—Le di mi parecer a mi primo luego de esa charla, le hice ver que fue muy duro con usted al decirle que no estaba de acuerdo con la boda y que la pondría a prueba.

—Pero entiendo su forma de ver las cosas y quiero demostrarle que él se equivoca. Quizás no sea una lady y me vea como la hija mimada de un millonario, pero no es verdad... no me importa eso. No quiero nada de esa fortuna, yo... solo tomaré algo para no ser pobre porque sé lo que es ser pobre sir Chapman, he visto a mi tía y a sus hijas padecer la pobreza luego de que mi tío muriera de forma repentina—respondió.

Él la miró con curiosidad.

—Lo lamento. Debió ser muy triste perder a su madre y luego... tuvo que vivir con su tía que era pobre. ¿Por qué su padre no la crio?

—Mi padre se fue luego de que mi madre muriera y me dejó allí, en casa de mi tía para que me cuidara porque él no sabría cómo educar y criar a una niña. De haber sido varón... él tenía un hijo de su anterior matrimonio, era su orgullo al principio, pero luego... no llegué a conocer a mi hermano. Alexander Rostchild se llamaba. Mi padre evitaba eso. Mi hermano vivía en Londres y lo preparaba para continuar su imperio, pero murió a los veintidós años. Fue muy triste... viajaba con unos amigos de mi padre a Nueva York y el barco tuvo un accidente, dicen que fue una ola monstruo que atacó ferozmente a la embarcación inmensa y lo hizo naufragar. Algunos se salvaron y contaron el horror de lo ocurrido.

—Señorita, qué historia tan triste. ¿Pero por qué no conoció a su hermano? Debió conocerle antes y vivir con su padre, creo.

—Mi padre se casó joven y su esposa le dio solo un hijo, luego murió y años después conoció a mi madre y se enamoró locamente de ella, pero vivieron aquí en Francia y su hijo fue a un internado inglés para hijos de caballeros. Teníamos diferencia de edad, Frank era doce años mayor y nunca supe por qué, pero no quiso criarnos juntos. Cuando mi madre murió él empezaba a trabajar con mi padre, pero luego algo pasó, peleaban mucho al parecer. O eso me contó mi tía. Pero su muerte lo dejó desolado, pero yo era muy niña para viajar y esperó a que cumpliera los quince años para llevarme a Londres. me sentí horriblemente desolada entonces. Extrañaba tanto a mi tía, ella era como una madre para mí, sabe. Todavía la extraño. Ella me cuidó en un tiempo que... yo era otra boca que alimentar porque mi padre solo venía a verme unas veces al año y le enviaba algo de dinero, pero era muy descuidado. Yo me alegraba mucho cuando iba a verme al colegio de hermanas o a mi casa en París, pero luego él se quedaba tan poco. Me traía regalos, me llevaba a pasear y luego se iba.

—La veía muy poco en realidad, debió llevarla con él a Londres mucho antes.

—Mi padre no vivía en Londres entonces, vivía en Berlín con su hijo, luego se radicó se Londres cuando sus negocios florecieron. Pero yo lo quería mucho, aunque lo viera poco, de niña lo adoraba, adoraba a mi padre. Sin embargo, con el tiempo empecé a pensar que él no me quería porque le recordaba a mi madre y él había sufrido mucho con su muerte y escuché que alguien dijo que mi padre quería olvidar el dolor de haber perdido a la mujer que amaba. Era una etapa de su pasado. Yo vivía como una niña pobre en París, pero era feliz porque jugaba con mis primas y ellas me veían como su bebé, me cuidaban y me enseñaba travesuras. Pero mi tía Josephine era pobre y mi padre no... no fue justo con ella. Sé que no se debe hablar mal de los muertos, pero... esperaba que al menos le dejara un legado. Yo jamás supe que mi padre era rico, ni mucho menos el hombre más rico de Europa, lo supe por conversaciones llenas de malicia cuando fui presentada en Londres. Mi tía jamás me habló de ello, jamás se quejó. Ella leía las manos y tiraba las cartas sus hijas la ayudaban dando clases de piano o de lenguas a niños del barrio. Mi padre pudo ayudarla, pudo dejarle algo, ella me dio todo, me dio un hogar, una familia y me vistió y con el tiempo supe que mi padre me pagaba el colegio para que no fuera una carga para ella. Solo le daba algo de dinero, pero no lo suficiente para un hombre de su posición. No era justo.

—¿Cómo lo sabe, señorita? ¿Está segura de eso?

Ella lo miró.

—Mi padre tenía mucho dinero, pero padecía de eso llamado avaricia. Siempre quería hacer nuevos negocios, tener más dinero y lo tenía. Amasó una fortuna y gastaba a manos llenas comprando propiedades en todo el país para luego venderlas a extranjeros y cobrarles un buen dinero por ello. Y además era dueño de una cadena de tiendas de moda. Cuando llegué a Londres supe que mi padre era un millonario y eso me deslumbró pues podía lucir los vestidos más bonitos y elegantes, pero luego pensaba en los años que había vivido sin tener un vestido nuevo que usar pues mi tía sólo podía hacerme uno nuevo en mi santo o en mis cumpleaños. Y cuando descubrí que había vivido en un mundo de fantasía y que debía ir a todas partes con cinco criados y cuidarme de los caballeros seductores, supe que todo había sido una ilusión, una fachada. La inmensa fortuna de mi padre despertaba la codicia de los hombres y una falsa admiración. Y yo solo era la hija del millonario y su futura heredera. Quizás mi padre lo dijo o todos lo supusieron, pero fue muy molesto para mí y doloroso... Casi hui de Londres la primera temporada y la segunda no fue mejor. Quería regresar a Francia pues a pesar de tenerlo todo no era feliz, porque extrañaba a mi tía y a mis primas, poder verlas y reunirme con ellas, aunque todas estuvieran casadas. Le pedí a mi padre, le rogué que me dejara ir a verlas, pero él se opuso. Me dijo que debía casarme y escoger un esposo adecuado y que para eso me había llevado a Inglaterra. Quería que viviera allí y tuviera un esposo rico y apropiado. No quería que me casara con un francés.

—¿Entonces jamás volvió a ver a sus parientes? —le preguntó él.

Ella lo negó y dejó caer unas lágrimas. Su padre durante años fue como un recuerdo difuso, un triste anhelo, casi un fantasma y al crecer comenzó a rebelarse, aunque era feliz en casa de su tía quería vivir en Berlín junto a su padre y su otro hermano. ¿Por qué no podía hacerlo? Tía Josephine intentaba convencerla de que su padre viajaba mucho y que en realidad no vivía en Berlín sino en otras ciudades. Hasta se había ido a Nueva York de viaje pues le envió una postal. Pero ella se crio sin su padre y sus abuelos no la querían porque la boda de su madre nunca fue aprobada por los Fontaine Dumont, miembros de una familia noble de antiguo linaje y riquezas, pero venida a menos. Eran orgullosos y sus tíos eran los únicos que se acercaban a ella, a sus abuelos solo los había visto de lejos en alguna celebración familiar cuando era niña. No eran afectuosos con ella, pero sí muy cariñosos con sus primas.

La voz de su enamorado la volvió al presente.

—Siento mucho que eso pasara, señorita. Es muy triste que no pudiera criarse con su padre, pero supongo que él pensó que sería más feliz junto a su tía que la crio como una madre, los niños necesitan más de su madre cuando son pequeños, ¿sabe? —dijo.

—¿De veras? Vaya, no lo había pensado. No me quejo, mi tía cuidó de mí cuando nadie más lo hizo —le respondió Agnes.

Ella lo miró y por orgullo no le habló de su familia francesa que la había ignorado, pero Agnes nunca dudó del afecto de su tía y de sus primas que la cuidaron y educaron y amaron desde pequeñita. Mucho más de lo que había hecho su padre en realidad. Su padre nunca le prestó atención siendo niña, no la llevó a su hogar en Londres como sí hizo con su primogénito y heredero. Solo luego de su muerte esperó dos años y fue a buscarla. Porque necesitaba un heredero y ella ocuparía el lugar de un hermano a quién nunca había conocido, y a quién vio en fotos: era idéntico a su padre de joven: rubio, grandes ojos azules y corpulento.

—Pues me alegro de que la trajera aquí, señorita, que decidiera establecerse en Londres de lo contrario jamás la habría conocido —dijo él.

Ella le sonrió con timidez. Tenía razón y, sin embargo, seguía deseando tanto regresar a su país, lo extrañaba tanto.

Solo esperaba que cumpliera su promesa luego de casarse con ella y la llevara a París. Si es que su tutor autorizaba la boda...

****

Los días pasaron y Agnes seguía esperando una carta, un mensaje, pero nadie le escribió, ni siquiera sus viejas amigas. Había enviado cartas a Francia, pero tampoco había recibido mensaje alguno. ¡Oh, cuánto tardaban en hacerlo! ¿Acaso nadie quería viajar al norte a llevar una triste carta?

El día anterior hubo una tertulia de la que participó solo para poder estar allí y ver a Stephen. De alguna manera sentía que su tutor lo apartaba sutilmente de su primo, aunque se veían casi todos los días y charlaban, sabía que esperaba que ella cambiara de opinión sobre la boda o lo hiciera él. Pensaba que debía ser un capricho o una simple manera de fugarse de esa casa.

Pero algo pasó la mañana siguiente desde la ventana de ese día de sol radiante vio un carruaje con un emblema que le resultaba familiar y de su interior salió un grupo de caballeros. Uno tras otro abandonó el vehículo mientras otros se acercaban a caballo con mucha prisa. ¡Mon dieu! Se dijo, pero a esa distancia solo pudo ver que era una comitiva de caballeros acercándose a la mansión y uno de ellos portaba bastón y parecía ser el líder. Todos llevaban sombreros y vestían como los lores que había conocido en Londres, pero...

Contuvo la respiración al pensar que eran sus abogados: Norton y Andrews, pero luego se dijo que ellos no llegarían así y se quedó mirando el grupo que parecían caminar con prisa hacia la casa.

Se preguntó quiénes serían. ¿Amigos del conde? Era muy pronto para recibir visitas, pero el día anterior había visto a su tutor conversar muy serio con el doctor Ackerman en privado a media tarde y se preguntó qué habría pasado pues lo notó raro todo el día y el siguiente, nervioso e inquieto y la tertulia apenas habló con sus visitas. Como si fuera un mero espectador. Pero no se atrevió a preguntarle a Stephen, era su primo y quizás su tutor tuviera algo que conversar con su amigo en privado y no quisiera que nadie se enterara. En esa casa era difícil tener secretos, o quizás era ella que se enteraba de todo por un raro talento según su tía, pero en realidad estaba aburrida le sobraba el tiempo y le gustaba curiosear. Se preguntó si era algo relacionado con ella o su herencia, o el doctor Norton. ¿Le habría escrito una carta dirigida al conde sobre su herencia y él no se atrevía a decirle?

Luego pensó que no debía pensar esas cosas, pero no pudo evitar tener un mal presentimiento con esa charla y con lo extraño que vio a su tutor. Él solía ser impasible o estar enfadado, pero vio algo más ese día, algo más que no pudo entender. ¿Acaso su tutor tenía problemas financieros que lo dejaban tenso y hasta asustado? O fue la charla con su amigo que lo alarmó.

Ahora se preguntaba si no tenía que ver con la llegada de esos misteriosos hombres a la mansión, ¿o acaso preparaba una nueva fiesta para presentarle nuevos candidatos? Esperaba que no tuviera tal ocurrencia, ella ya tenía novio, o mejor dicho casi estaba comprometida a casarse con Stephen.

El sonido de unos pasos la sobresaltó.

—Señorita, hay visitas. El conde me ha pedido que hable con usted.

Su criada Meg parecía horrorizada por algo, como si hubiera visto al diablo y cuando se lo hizo notar ella lo negó de forma enfática.

—Lord Hastings ha ordenado que se quede usted en su habitación señorita. Por favor. Es importante que no salga ahora.

—¿Por qué? ¿Qué ha pasado?

—No lo sé bien, pero han llegado caballeros de Londres y se han reunido en privado con lord Hastings—le explicó.

—¿Y mi prometido dónde está?

La criada se sonrojó.

—¿Se refiere a sir Chapman?

Agnes asintió.

—Así es, voy a casarme con él pronto. Se lo prometí.

—Pues felicidades... ¿Lord Hastings lo sabe?

—Por supuesto y nos ha dicho que debemos esperar, pero no se opuso. Meg... acaso no te has enterado?

—No... bueno, supongo que es muy reciente, pero me alegro por usted, es un caballero muy bondadoso y gentil. Tiene un gran corazón.

—¿Y dónde está sir Chapman?

—Está reunido con los caballeros de Londres. Todos se han reunido en la biblioteca.

—¿Y por qué mi tutor me ha pedido que me quede aquí?

—Porque no sabe qué intenciones tienen esos caballeros y teme por usted. Solo quédese aquí y no salga, luego él hablará con usted.

—Está bien... espero que sean mis abogados. Quizás el doctor Norton.

Su doncella dijo que no lo sabía, pero se quedó a su lado cuidándola.

Agnes comprendió que algo pasaba y tuvo la sensación de que pasaban mil años hasta que sentía un sonido de pasos acercarse a su habitación y tembló.

—Alguien viene—murmuró.

Y no se equivocaba pues de pronto vio entrar a Stephen a su habitación y estaba muy pálido.

—Agnes, debes venir conmigo ahora—le dijo.

—¿Qué sucede? Me asustas.

—Ha ocurrido algo muy desafortunado y es necesario que usted hable con unos abogados, es por tu herencia. Pero descuide, no es nada malo, pero es necesario que hables con esos abogados. Al parecer el doctor Norton nunca legalizó el testamento porque era falso.

—Qué dices? Pero eso no puede ser. Por qué me traería aquí con un tutor...

—Nunca hubo un tutor, vuestro padre no quería un tutor para ti, quería un esposo y al parecer tú ya tienes uno.

La miraba con rabia y tristeza.

—¿Qué? ¿Acaso estáis bromeando? ¿Qué habéis dicho, Stephen?

—Es como una pesadilla preciosa, han venido por ti. Esos abogados aseguran que tienen en sus manos un testamento de vuestro padre ligado a un contrato matrimonial firmado por vuestro padre y un acta de matrimonio en el cual te obliga a casarte con un caballero de Brighton, el hijo del duque de Wessex para poder heredar su fortuna.

Agnes pensó que eso era absurdo.

—Eso no puede ser. Es imposible. Mi padre nunca... esto es ridículo. ¿Acaso es una broma?

Agnes se puso colorada y luego palideció mientras Stephen le explicaba que el doctor Norton había legalizado un testamento falso y que el verdadero era ese testamento que ostentaban los abogados del conde de Brighton.

—Pero eso es mentira. El doctor Norton es un hombre serio y mi padre confiaba en él... jamás haría algo así.

—Pues ese joven asegura además que tú eras su prometida, pero huiste a Cumbria para no casarte con él. Y que eso fue por obra del doctor Norton que no quería perder su tajada como albacea y administrador de la fortuna de vuestro padre. Tú... ¿acaso has oído hablar de ese hombre?

—Lo conozco sí, pero nunca fui su prometida, sir Chapman.

—¿Cuándo lo conoció señorita? ¿Por qué jamás lo mencionó? Él dice saber muchas cosas de usted. Y dijo que su padre intentó convencerla de que fuera su esposa.

Agnes tragó saliva y palideció.

—Eso nunca pasó... y no lo mencioné porque solo fue un tonteo, se lo juro. Bailamos, conversamos...

Y se besaron, pero eso no era tan importante. Si tuviera que casarse con los que se había besado a escondidas alguna vez... aunque el sajón era muy buen besador, sabía cómo...

Apartó esos pensamientos cada vez más turbada y aturdida por esa insólita visita y lo negó todo. Negó que estuviera prometida a ese caballero. Negó haber tenido un flirteo y dijo no conocerle demasiado tampoco.

Stephen sostuvo su mirada.

—Señorita, sir Williams el abogado de Brighton dijo que el testamento anterior fue anulado y usted lo perderá todo si no se casa con ese joven. Es su decisión y no pretendo influir en ella. Supongo que no me escogerá a mí y lo perderá todo.

Ella lo miró aturdida.

No podía ser, eso no podía estar pasando, debía haber un error.

—¿Cree que quiero más la herencia de mi padre, su dinero que a usted? ¿Realmente piensa eso de mí? —ahora sí estaba furiosa con Stephen.

—Pero usted quería su herencia señorita. Esperaba tenerla algún día y poder escapar de aquí. Ya puede hacerlo.

—Nunca quise ser la heredera de un millonario, solo quería una familia feliz, volver con mi familia, sir Chapman.

—Señorita, no la juzgo, es su decisión. Debe hablar con esos caballeros y enterarse de lo que ha pasado. Nadie la obligará a ir con ellos ni tampoco a actuar sin antes hablar con lord Hastings. Aunque ya no es su tutor si ese testamento es el verdadero él quiere ayudarla en este asunto, señorita.

Le hablaba con cierta frialdad, como si en realidad quisiera contener sus emociones, pero Agnes notó que él quería que lo escogiera a él, aunque no quería rogarle y parecía estar preparándose para aceptar su decisión.

Agnes lo miró perpleja y comenzó a temblar al pensar si eso realmente estaba pasando. ¿Entonces todo había sido un vil engaño, un intento de estafarla? Pero ¿qué testamento era el verdadero? Su padre nunca la habría obligado a casarse con ese malvado ni tampoco habría nombrado tutor a un hombre con el que no tenía tanta amistad.

—Señorita, venga conmigo. Debe hacerlo.

—¿Y a dónde quiere que vaya? No voy a ir con esos hombres, ¿acaso está loco?

La joven francesa lo miró tensa y molesta. Solo quería correr y lo hizo. Corrió y abandonó su habitación sin detenerse hasta llegar al primer piso donde sabía nadie iba porque eran las habitaciones prohibidas. Pero Stephen corrió tras ella y la atrapó antes de que pudiera llegar allí, la atrapó por detrás y la sujetó fuertemente.

—¿Qué está haciendo? ¿Acaso espera jugar al escondite señorita Rostchild? No es momento para hacerlo. Ellos deben ver que usted está aquí, porque saben que está aquí y mi primo se verá en problemas si ellos no ven con sus ojos que se encuentra sana y salva.

Agnes comenzó a temblar como una hoja no sabía si por la emoción de estar entre sus brazos o por el susto de tener que vérselas con ese chiflado sajón.

—No quiero ver a esos hombres, tengo un mal presentimiento por favor, deja que me esconda, ayúdeme a esconderme de ellos, se lo ruego sir Chapman—le dijo entonces.

—¿Y por qué debería ayudarla? Jamás me dijo que tenía un enamorado que afirma ser su prometido y que parece muy ansioso de convertirla en su esposa. Nunca mencionó a ese sujeto ni lo hizo ahora.

—No valía la pena hacerlo, sir Chapman. Porque nunca fue mi prometido. ¿Es que no me cree? Él inventó todo seguramente para forzarme a una boda y quitarme los millones que me dejó mi padre. ¿No cree que sea muy raro que mi padre hiciera un testamento nombrando tutor a lord Hastings y luego aparezca un nuevo testamento en el que me obliga a casarme con Brighton? Él jamás habría hecho eso, mi padre no era así.

La joven comprendió que era inútil rogar y pedirle algo a un extraño. Él se sentía embaucado por ella y eso no la dejaba muy bien parada. No sabía qué pensaba, pero su deber era entregarla al enemigo al parecer para que su primo no tuviera problemas con ellos.

Entró en el recinto poco después, sintiendo sus pasos pesados y una sensación de rabia y terror que lentamente la envolvían porque sabía por qué estaban allí, sabía por qué ese joven la había buscado. Pensó que podría esconderse, que estaría a salvo en Cumbria, al menos estaría a salvo de ese demonio sajón.

—Buenos días, señorita Rothschild. Es un placer conocerla, soy el doctor Andrew MacArthur y también nos acompaña el honorable doctor Sir Erasmus Willmond y su cliente sir Calen Brighton conde de Wessex.

La mención de Calen la hizo temblar y nerviosa lo buscó entre los caballeros que parecían haber salido de una fiesta londinense elegante o de unos selectos clubes de caballeros pues todos iban muy bien ataviados y algunos habían olvidado quitarse el sombrero.

—¿Es la señorita Rostchild? —preguntó alguien.

Calen salió de entre todos y la miró con fijeza. Allí estaba, cuan largo era, delgado rubicundo y con unos ojos verdes muy grandes. Tan guapo y elegante. Cuando lo vio sintió una horrible rabia consumarla. Por más que fuera le hijo del gran duque y un heredero codiciado, Calen era Calen y ella lo conocía muy bien, por desgracia. La miró con intensidad como recordándole viejos tiempos.

—Sí, ella es la verdadera señorita Rostchild. La otra era falsa —dijo.

Esas palabras la llenaron de estupor y luego tembló de rabia y desdén. Por supuesto que conocía a ese bandido, habían tenido un romance escandaloso hacía tiempo, pero ¿qué era esa historia ridícula del testamento? eso le sonaba a cuento.

Pero mientras ella rabiaba en silencio Calen parecía sonreírle y disfrutar su gran momento.

—Buenos días preciosa, qué guapa te ves—le dijo a modo de saludo.

Ella apenas farfulló un saludo.

Señorita Rostchild, los albaceas que la trajeron a estas tierras son unos timadores sinvergüenzas que presentaron un testamento falso y luego de dejarla aquí al parecer buscaron a un joven que se hizo pasar por usted para tomar posesión de la herencia. El testamento que firmó era falso, todo fue planeado por antemano por esos bandidos para quitarle todo—dijo Calen Brighton—Y lo habrían logrado de no haberme enterado que la hermosa heredera Rostchild estaba en Londres en una fiesta, bailando con un caballero. Corrió a buscarla y descubrí que era la falsa heredera y busqué a los socios de su padre, a sus abogados. Ellos me ayudaron a descubrir la estafa y con ello encontramos en su casa el verdadero testamento guardado con llave. Escondido. Su última voluntad. Aquí está puede leerla si quiere.

Agnes miró a su tutor y él le hizo un gesto de asentimiento.

Ella tomó el documento y lo acercó a la lámpara de aceite y leyó algunas palabras, pero luego sufrió en silencio y dijo a los presentes que no entendía la letra de su padre.

—Señorita, no lo escribió su padre, él solo expresó su voluntad y un abogado lo escribió con letra muy clara. ¿Cómo es que no puede leerlo? ¿Tiene problemas de vista?

La joven se sintió avergonzada pues no quiso decir que no sabía leer inglés y dejó que el viejo de bastón leyera el testamento.

El anciano lo leyó con mucha pompa como si leyera un edicto real o algo así, esos ingleses eran tan exagerados y ridículos, solo que no le gustó nada saber que su padre tenía un testamento como ese escondido en su casa y la historia de la falsa heredera le pareció una historia muy extraña y siniestra. ¿Realmente esos hombres se habían hecho pasar por los abogados de su padre para llevarla a Cumbria y luego apoderarse de su herencia?

Conocía al doctor Norton, no era muy simpático, pero sabía por su padre que era un abogado muy confiable al igual que su socio el doctor Andrews entonces... No podían haber falsificado un testamento eso era muy audaz.

Agnes se preguntó qué pensaría su tutor de todo eso. Él estaba escuchando al abogado muy serio y evitaba mirarla.

Cuando terminó de leer el testamento el abogado miró a todos y dijo:

—Bueno, todo es muy claro, pero como también ha sido muy confuso hemos traído pruebas de que este testamento fue autenticado. Lamentablemente no sabíamos dónde estaba la señorita pues nadie quiso decirnos y la buscamos de forma incansable pues luego de fallecer su padre, a las pocas semanas la trajeron a Cumbria sin decir a nadie dónde estaba. Claro que era muy conveniente para ellos dejar a la heredera en un lugar lejano y remoto.

—¿Nadie quiso decirles dónde habían llevado a la señorita Rostchild? pero imagino que sus tías, sus vecinos sabrían del viaje que haría la señorita al norte—preguntó su tutor.

Stephen miraba a todos con gesto sombrío, bastante triste nervioso.

No sabía qué pensar y se mantuvo en silencio.

Tuvo la sensación de que a su tutor le pasaba lo mismo.

El abogado de bastón, el tal sir Williams Bentley miró a su tutor ceñudo.

—El hombre que fue a buscar a la señorita para leerle el falso testamento era un abogaducho estafador que conocía al señor Rostchild pues él mismo le hizo este testamento hace años cuando su hija tenía doce años. Luego de muriera su primogénito en el mar, el joven Alexander Rostchild. Pues verá ese testamento fue cambiado más de cuatro veces, pero solo el que está en mis manos fue legalizado y es el legítimo. Aquí están los sellos, lord Hastings. Temo que usted también fue engañado, pero al menos me consta que escogieron a un caballero de buena familia. Yo conocí a su padre, un gran hombre.

El tutor agradeció sus palabras, pero parecía desconfiar o eso pensó Agnes. Ella miró a uno y otro sintiendo angustia y rabia espantosa. Le parecía todo tan irreal. Miró a Calen, su antiguo festejante y su rabia aumentó pues él le sonreía burlón como si disfrutara al ver lo que rabiaba o quizás se sentía muy seguro en esos momentos pues si ese testamento existía él no solo se convertiría en su esposo, sino que tendría la herencia Rostchild en sus manos.

Apartó la mirada para no notara lo mal que se sentía, no le daría el gusto de verla mal y entonces notó que Stephen que se había mantenido apartado fue llamado por su primo para que leyera el testamento y estudiara las pruebas presentadas por ese grupo de abogados y notarios sobre la estafa cometida por el doctor Norton y su socio.

—¿Entonces fue usted quien redactó este testamento y es el abogado del duque de Wessex? Me parece bastante extraño esto—preguntó de pronto Stephen luego de estudiar los documentos.

Ambos miraron a Stephen luego de hacer tal observación.

—Señor Chapman, yo no hice este testamento sino un abogado que murió días después que el señor Rostchild, el doctor Louis Barton, puede usted comprobarlo. Esta trágica circunstancia hizo que el doctor Norton fuera tentado por la posibilidad de cambiar el destino de la señorita y poder así llevar a cabo sus planes. Además, este testamento estaba en poder del abogado fallecido y tardamos mucho en encontrarlo. Perdimos un tiempo valioso me temo... Una desgracia que el abogado Norton y su socio supieron sacar ventana pues tenían en su poder el primer testamento que el señor Rostchild hizo luego de fallecer su hijo pues esperaba que él fuera su heredero. El inescrupuloso hombre de leyes vio la posibilidad de apoderarse de la herencia de la señorita y por eso la encerró aquí, en el medio de la nada para poder llevar a cabo sus maniobras. Falsificó la firma de la heredera y hasta presentó a una joven muy parecida en el banco para retirar sumas importantes de dinero. Pero eso alertó al dueño del banco quien hizo averiguaciones pues le parecía extraño que la jovencita que se hizo pasar por Agnes Rostchild fuera con frecuencia al banco a buscar más dinero. ¿Por qué una hija de millonario necesitaría tanto efectivo? Al parecer la joven era hija de una ramera que tenía un amorío con el doctor Norton y pensaron que podrían tener una buena suma y fugarse a otro país y casarse. Ese hombre perdió por completo la cordura por la ambición y lo habría conseguido de no haberse enterado mi cliente por casualidad que la señorita Rostchild estaba en Londres de compras y fue a buscarla. Ella era su prometida, sabía del testamento. la joven tuvo el descaro de presentarse en una tienda de la firma Rostchild para exigir llevarse varios vestidos y cuando mi cliente la vio notó que no era la verdadera Agnes Rostchild y la joven se asustó. pero él no la dejó en paz y llamó a la policía. Gracias a la ayuda de esa joven pudimos saber la estafa. Ella confesó todo a cambio de tener un indulto.

—¿Y por qué nadie le avisó a la señorita de este testamento? ¿cómo es que ella no sabía nada que su padre lo había modificado y que debía casarse con este joven, pero ustedes sí lo sabían y nunca dijeron nada? —preguntó Sir Chapman.

Hubo ciertas miradas entre los presentes, miradas cómplices que escondían algo. Para Agnes todo era un cuento chino, cada vez entendía menos de lo que había pasado. Le parecía increíble que el doctor Norton fuera une estafador y que su padre la condenara a casarse con u hombre que tanto daño le había hecho en el pasado. Había sido cruel de su parte y él no era un hombre así.

—No lo sabíamos, fue solo una conversación señor Chapman, entre mi padre y el de la señorita—le respondió Calen Brighton mirándole con hostilidad. —Nunca fuimos notificados de ese testamento, pero luego de hacer una denuncia de estafa e impostura temimos lo peor. Creíamos que la señorita había sido asesinada—su voz cambió, hubo un gesto de sincero pesar al decir esa última palabra.

—Pero la señorita siempre estuvo aquí, y sus tías lo sabían supongo. ¡No es así, señorita Rostchild? —le preguntó su tutor contrariado y seguramente no muy convencido de toda esa historia fantástica y siniestra por momentos.

—Mis tías lo sabían, pero los abogados le prohibieron hablar—dijo entonces Agnes para no faltar a la verdad. —dijeron que nadie debía conocer mi paradero pues temían que fuera secuestrada y que luego los bandidos pidieran un gran rescate. Por eso tal vez nadie respondió las cartas que envié.

—¿Ustedes conversaron con las tías de la señorita? —preguntó el tutor.

Calen Brighton lo negó.

—Fui a la mansión de Londres, pero estaba cerrada, no había nadie. Hablé con las amigas de la señorita, pero ellas dijeron que se había ido de viaje luego de morir su padre y pensaban que estaba en París. Fui a Francia a buscarla.

—¿Entonces estuvo en París? —le preguntó Agnes.

Él asintió.

—Su tía estaba muy preocupada por usted y prometí avisarle en cuanto la encontrara. Dijo que le extrañaba y que la extrañaba que hacía tiempo que no recibía cartas de usted. Supuso que la muerte de su padre la había dejado muy afligida.

Todo empezaba a encajar, por desgracia. Pero su tutor estaba muy atento a todos los detalles y los estaba estudiando con la ayuda de su primo abogado Stephen, que estaba muy molesto y nervioso pero muy atento a todo.

Entonces su tutor habló por primera vez desde su llegada.

—Señores, creo que todo esto nos ha dejado muy sorprendidos y consternados. Pero creo que es necesario verificar toda esta información y saber qué pasó con el anterior testamento, pues yo firmé un documento y no quiero ser cómplice de un bandido. Creo que lo correcto es presentarme en Londres y testificar los hechos—dijo Lord Hastings con firmeza.

—Pero eso no será necesario, lord Hastings, usted no es en realidad su tutor, nunca lo fue. El testamento original decía Oswald Hastings, y supongo que lo convencieron de aceptar porque esos mequetrefes no sabían que su padre había muerto como sí sabía el señor Edmund Rostchild seguramente y como su hija había crecido no era necesario nombrarle un tutor. Un esposo era lo que necesitaba y yo me encargaré de ejecutar este testamento en nombre del abogado que falleció, la señorita debe aceptar la última voluntad de su padre o lo perderá todo.

Cuando Agnes comprendió lo que ese abogado londinense decía tembló. No podía ser. Era una horrible pesadilla

—Eso no es lo que dice el testamento en realidad—dijo Stephen.

Los caballeros miraron a Stephen como si fuera un insecto molesto. No les gustó nada que dijera eso.

—¿Qué rayos dice hombre? El testamento es muy claro, pero temo que usted no sabe mucho de leyes.

Stephen miró al abogado molesto.

—Soy abogado también y lo que expresa en este testamento es algo confuso. Es decir, le da la opción a la señorita de casarse con sir Brighton, pero no condiciona que ella debe recibir la herencia bajo la supervisión de sus abogados, los nombrados aquí. Quisiera saber dónde están. Aquí los nombra, casi al final.

—No hemos podido encontrarles. Pero como abogado de sir Brighton me creo con bastantes facultades para defender sus intereses. Si la señorita rechaza este testamento su herencia irá a litigio y lo perderá todo. No creo que ella quiera eso.

—Bueno, creo que debemos manejar este asunto con mucha cautela. Nadie puede arrebatarle la herencia a mi protegida ni obligarla a casarse con un caballero al que apenas conoce, ¿no es así? —dijo Lord Hastings—Además hay plazos para presentar testamentos y este carece de los sellos correctos.

Calen Brighton enfureció cuando dijo eso y saltó de su asiento.

—Eso no es verdad, nuestros padres tenían una gran amistad y, además, yo conocí a la señorita Rostchild y fui su pretendiente durante meses. Pero supongo que ella nunca les contó nada ¿no es así?

Agnes se puso pálida pero su tutor no se dejó impresionar por ese muchachito que parecía ser el niño mimado del duque de Wessex.

—¿Su pretendiente? —dijo— Imagino que la señorita tuvo muchos festejantes, pero ser pretendiente no lo convierte a usted en su prometido. Porque imagino que jamás pidió su mano en matrimonio.

—Sí lo hice, pero eso fue conversado entre mi padre y el señor Rostchild meses antes de su muerte, pero luego todo cambió. Su muerte repentina hizo que no pudiera pedir formalmente la mano de su hija, pero él prometió que me la entregaría.

—¿Que le entregaría a su hija como si la señorita fuera una mercancía?

El sajón comprendió que había usado palabras inapropiadas.

—OH claro que no, sir.

—Lord Hastings—lo corrigió el tutor.

—Lo siento, no quise decir eso lord Hastings. Pero supongo que comprende que el matrimonio debía ser aprobado por nuestras familias y era necesario puesto que fue concertado desde antes.

—Una boda concertada por su familia y por el señor Rostchild pero que la señorita desconocía por completo. Ella era parte interesada y nunca supo que debía casarse con usted. ¿Para qué nombraría entonces un tutor? Esto es absurdo y mucho más que acusen a un caballero de impecable trayectoria como el abogado Robert Norton de intentar apoderarse de la herencia de la señorita Rostchild—dijo Lord Hastings cada vez más molesto.

—OH ella sabía, sabía que un día sería mía. Mi esposa. Agnes lo prometió—dijo entonces Brighton.

Todos miraron a la joven y ella lo negó.

—Nunca hice tal promesa, es mentira. Miente. Todo esto es mentira—dijo Agnes desesperada.

Él la miró con rabia.

—Por supuesto ahora quiere negarlo, fue hace mucho tiempo y quizás olvidó que lo dijo. La muerte de su padre cambió muchas cosas ¿no es así?

—¿Qué quiere decir con eso, señor Brighton? —preguntó Stephen.

—Sir Brighton—lo corrigió Calen exasperado mirándole con rabia—Quiero decir que tuvimos un romance hace tiempo y todos esperaban una boda, su padre lo deseaba más que nadie. Quería que su hija se casara con el hijo de un duque. Yo era el mejor partido para ella. No como los oportunistas de Londres. Mi fortuna y linaje son los mejores del sur y me atrevo a decir que del país. Y él lo sabía bien.

—¿Un romance? —repitió Stephen.

—¿No lo sabía usted? —le respondió Calen.

Agnes miró a uno y a otro, pero algo en la mirada de Calen le hizo callar. No podía desmentirle, se sentía horriblemente atrapada y aturdida. Furiosa. Y también estafada. Primero por los falsos albaceas y ahora... ahora no sabía qué pensar ni qué decir. Pero la aterraba pensar que Calen estuviera diciendo la verdad y se viera forzada a convertirse en su esposa.

De pronto pensó que lo mejor era escaparse, era huir, alejarse de todos ellos...

—Señorita Rostchild, por favor, siéntese. No se vaya ahora. Debe comprender que hemos venido a liberarla de este triste cautiverio. Una joven de su edad ya no necesita un tutor y ahora es prácticamente heredera de su padre. No ha perdido su herencia, ni la perderá, solo que su padre puso una única condición y ya sabe cuál es.

El abogado habló con voz pausada sin dejar de mirar a la joven sosteniendo el documento en sus manos.

Pero Agnes no obedeció y miró a Stephen y a su tutor temblando.

—No puedo dar mi respuesta ahora, apenas puedo entender lo que sucede, sir Williams. Esto es muy extraño para mí y también inesperado. No quiero casarme con ese joven, no lo haré y no me importa perderlo todo–estalló.

—Señorita, no se precipite. Sé que está nerviosa y asustada, pero creo que debe empacar sus cosas y acompañarnos. No querrá perder su fortuna por un tonto capricho de no casarse... bueno, eso fue lo que motivó que su padre redactara este testamento, pero como lo indica aquí, sir Brighton es su prometido y le nombra su protector, hasta la boda lo que se interpreta es que usted es casi su esposa. no solo tenemos un testamento sino un contrato nupcial y un acta. Temo que esto ha quedado ajeno a su voluntad, su padre lo decidió por usted y usted debe aceptarlo como una joven obediente.

—Eso no es verdad, la señorita es soltera todavía y no ha firmado nada. Agnes...

De pronto Stephen se le acercó y le rogó que no firmara nada. Se lo dijo muy serio, como si estuviera advirtiéndole de un peligro.

—La señorita no debe firmar nada todavía. Debo hablar con ella en privado, sir Williams. —dijo su tutor interviniendo en la conversación.

Ella miró a Stephen y su tutor le pidió en voz baja que se quedara vigilando a los recién llegados y dijo en voz alta que necesitaba hablar con la señorita Rostchild en privado.

Cuando abandonaron la sala tuvo ganas de correr, pero no pudo hacerlo.

Estaba temblando cuando entró en la sala y miró a lord Hastings. nerviosa.

—Señorita, ¿conoce usted a ese joven? ¿Le ha visto antes? Por favor, dígame la verdad pues sospecho que sí sabe bien quién es—le preguntó.

—Sí, le conozco, pero no es verdad lo que ha dicho, nunca fui su prometida ni tuvimos un amorío. Solo era un pretendiente, lord Hastings—declaró ella turbada.

Su tutor cerró la puerta con llave.

—Por favor siéntese señorita Rostchild. Debo hablar con usted, por favor, tranquilícese. Nadie la acusa de nada, creo que no entiende la gravedad de lo sucedido. Solo dígame qué piensa de todo esto, ¿sabe por qué su padre firmaría un testamento favoreciendo a ese joven?

Ella secó sus lágrimas, nerviosa y lo miró.

—No tema está a salvo aquí y nadie se la llevará por la fuerza. Solo que tengo que hacerle unas preguntas porque estos caballeros invadieron mi casa con la historia de ese testamento y de que ya tiene usted un esposo pues ese documento infame es un contrato nupcial pero no sé si son unos bandidos o estafadores cumpliendo muy bien su papel. No soy tan tonto de creerles de buenas a primeras por más que usen esos términos legales y me digan llamarse parientes de la reina Victoria. Por eso quiero hablar con usted con calma. La escuché decir que era imposible que su padre hiciera tal testamento. ¿O me equivoco?

—Es verdad, mi padre no lo habría hecho. Pero si hubo algo de interés por su parte, pero fue hace mucho tiempo.

—¿Pero lo conoce usted? ¿Es el hijo del duque de Wessex?

—Sí, lo conozco, pero... no conozco a los demás, nunca los oí nombrar ni creo que el doctor Norton sea un bandido.

—Tampoco lo creo, por supuesto. Pero ¿qué pasó exactamente entre el hijo del duque y usted? —lord Hastings estaba muy nervioso, no dejaba de mirarla.

—Viví en Brighton el pasado otoño, hace menos de un año mi padre quería comprar unas propiedades y estaba haciendo un negocio importante con el asunto del ferrocarril. Por eso fuimos a ese condado y allí conocí a Calen en una fiesta. Mi padre hizo amistad con el duque entonces y mis tías dijeron que ese joven sería un pretendiente ideal para mí.

—¿Tuvieron un romance? Puede hablar, mi primo no está presente.

—No fue exactamente eso.

—¿No? ¿Y qué fue exactamente?

—Lord Hastings, yo era muy joven entonces era algo boba lo reconozco, y presumida. Una criatura frívola que... le gustaba sentirse admirada por todos, pero solo estaba jugando.

—Usted estaba jugando a coquetear con el hijo del duque, pero supongo que él la quería a usted. Quería que fuera suya. Su esposa.

Agnes tragó saliva y asintió.

—Pero yo no sabía que él tenía esos planes, que quería eso. Era un joven reservado y muy educado al comienzo, pero luego pasó algo.

Ella se vio obligada a hablar del reto del laberinto, y del chantaje de ese joven agradeciendo que Stephen no supiera pues la avergonzaba.

—Arruinó mi reputación, todos nos vieron. Tuve que irme de allí. Pero mi padre no supo la verdad, pensó que todo se olvidaría en Londres. No le dije nada de su horrible chantaje... Calen quería evitar casarse con una joven que su familia había escogido para él, me dijo que quería una esposa guapa y francesa y que la otra joven no le agradaba.

—Pero su padre nunca dijo que lo quisiera de yerno.

—Me dijo que sería una boda ventajosa, pero nadie pudo convencerme, estaba furiosa con Calen porque había arruinado mi reputación y me había amenazado. Mi padre se molestó, pero él no me habría obligado, y menos por un testamento. eso es absurdo. Sin embargo...

—¿Sin embargo qué?

—Es que mi padre estaba muy raro semanas antes de morir. Creo que el escándalo de Brighton lo dejó atormentado y recibía cartas y también a sus socios todo el tiempo y sus abogados entraban y salían de la casa. Pasaba mucho tiempo reunido con ellos, y pensé que era un nuevo negocio, pero me pareció extraño.

Su tutor había estado muy atento a sus palabras y de pronto le dijo sin rodeos:

—Señorita, tengo mis dudas sobre ese testamento y lo demás y pediré consejo al doctor Ackerman que por desgracia se marchó hace días y vive a unas millas y quisiera creer que todo esto es una vil estafa, hay cosas que no son muy claras en este asunto señorita, pero quiero hablar con un abogado que tiene mucha experiencia en herencias y litigios de herencias.

—Oh por favor, Lord Hastings, no me entregue a esos bandidos. Solo quieren desplumarme. No sé por qué, pero seguramente solo quieren mi herencia y esas tierras.

—¿Qué tierras?

—Las que menciona en ese contrato nupcial. La dote que deberé entregar si me caso con él. Me parece insólito que además de mencionarle en un testamento también dejara un acuerdo nupcial.

—¿Cree que esa la razón? ¿Y si su padre cambió de parecer y el joven Brighton pidió su mano en matrimonio y él decidió aceptarlo?

—Sin decirme nada? OH no lord Hastings, mi padre jamás habría actuado así se lo aseguro.

—A menos que se viera obligado por la necesidad.

—¿Qué necesidad lord Hastings?

—Su padre estaba enfermo, señorita, quizás sabía por su doctor que no le quedaba tiempo y era más sencillo casarla a usted para que no perdiera su herencia como tanto temía y el nombre de ese joven fue el único que vino a su cabeza o tal vez él le convenció de hacerlo. Si quería evitar esa boda con la heredera elegida por sus padres...

—Esto no tiene sentido. A mi padre nunca le importó Calen Brighton, solo al principio y luego se enfadó con el escándalo. ¿Por qué habría armado esa boda? Él no quería que me casara con un noble, lord Hastings.

—Señorita, su padre estaba muriendo y se desesperó, la idea de dejarle un tutor no era tan descabellada, pero temo que todo se ha convertido en vana ambición. Que todos buscan sacar ventaja de usted en su desgracia y soledad. Eso me indigna. Si ese joven la amara, y si usted correspondiera a su afecto entonces tendría sentido, pero no me dio esa impresión y conozco a las personas y sé cuándo hay amor o una chispa de algo entre un hombre y una mujer.

—Es verdad lo que dice, se lo aseguro. Yo quiero a Stephen, quiero casarme con su primo. Debe impedir que esto siga su curso.

—Me temo que esto lo cambia todo señorita. Debemos investigar qué ha pasado con su herencia, pero temo que este testamento si fue debidamente legalizado antes de morir su padre y es el único válido ahora.

—No puede ser. No pueden decidir así mi vida. No me casaré con ese hombre, le aseguro que prefiero perderlo todo—dijo la joven muy decidida.

—Calma señorita, por favor. Tranquilícese. Deje que hable con otro abogado que tiene experiencia en litigios. Si decide renunciar a su herencia puede hacerlo por supuesto ¿pero a dónde iría? Todos los bienes de su padre serían confiscados y no sería justo—le respondió su tutor consternado.

—Es verdad, pero al menos no tendría que casarme con ese hombre. ¿Cómo es posible? Estoy segura de que es una trampa, que ese testamento sí es falso. ¿Cómo sabemos que dicen la verdad? Las explicaciones que dieron son inverosímiles.

—Pienso como usted señorita, estoy de su lado, pero deje que averigüe y no se precipite. Me cuesta trabajo creer que personas tan importantes tramaran esto para estafarla. Espero que mi amigo abogado que es experto en herencias y litigios pueda resolver esto.

—También lo espero—le confesó ella.

Pero cuando abandonaron la sala poco después notó Stephen peleaba con Calen Brighton a golpe de puños mientras los demás intentaban separarlos.

—¿Qué rayos? —exclamó su tutor alarmado y se acercó para separarlos mientras los otros viejos miraban divertidos la pelea como si fuera un show de boxeo.

Y antes de que el señor de la mansión pudiera acercarse uno de los ancianos se le acercó: —Lord Hastings por favor, debo hablar con usted. Debemos proceder como caballeros civilizados. Es necesario que la señorita Rostchild nos acompañe ahora—dijo el caballero del bastón.

—Sir Williams me temo que eso no será posible ahora, no sin antes hablar con un amigo abogado experto en litigios.

—¿Un amigo abogado? Pensé que su primo era abogado. ¿No confía en nuestra palabra? ¿Cree que somos unos bandidos? Usted me ofende profundamente, lord Hastings.

—Lo siento, no es mi intención, se lo aseguro, pero debo estar seguro de que todo es correcto. Además, la señorita no ha aceptado el testamento ni el contrato matrimonio y no puedo obligarla a hacerlo. Es su decisión.

El viejo lo miró espantado mientras lord Hastings finalmente separaba a su primo del hijo del duque.

—Si no se comporta en mi mansión lo expulsaré señor Brighton—le gritó.

El sajón lo miró encolerizado, sus ojos verdes almendrados tenían una expresión de ira salvaje que lo sorprendió.

Sin embargo, su primo le había dado una merecida tunda estaba seguro de ello.

Calen no dijo nada y se acomodó el saco y se alejó furioso escudándose en sus abogados. Hasta que vio aparecer a Agnes y su mirada cambió.

El abogado de bastón, cansado de los desaires del dueño de casa se dirigió a la heredera pensando tal vez que sería más útil hablar con ella.

—Señorita Rostchild—dijo con voz pomposa—¿sería usted tan insensata de permitir que su herencia se convierta en u litigio? Eso no sería conveniente para usted, se lo aseguro. ¿Qué haría sin su herencia además? Ni siquiera podría tener un esposo ni un hogar. Viviría de la caridad de sus familiares. ¿Realmente está segura de querer rechazar el legado y también desafiar la voluntad de su padre?

Agnes no respondió, se sintió horriblemente mortificada entonces.

No, no quería perderlo todo, no quería ser una carga para nadie. Sabía que sin dote tampoco podría casarse y ella necesitaba hacerlo para viajar a Francia y alejarse de esa pesadilla. Pero jamás pensó que habría un nuevo testamento que la ataba a ese loco sajón que nunca había sido su prometido ni mucho menos. Era un malvado presumido y soberbio con muchos títulos sí, con mucho linaje encima, pero también era un joven malvado. Lo recordaba bien.

Entonces miró a los caballeros y se alejó sin responder, y cuando Calen corrió tras ella Stephen se interpuso y lo apartó a empujones y parecía que volverían a pelear, pero lord Hastings fue rápido y lo impidió.

Pero Stephen miró a todos y les gritó:

—Dejen en paz a la señorita, son todos unos bandidos. No creo una palabra de lo que dicen. Solo quieren arrebatarle la herencia a mi prometida.

Luego de pronunciar esas duras palabras hubo murmuraciones entre los presentes que eran más de ocho personas entre abogados y parientes, solo que una parte esperaba todavía en el hall de la mansión.

Calen dio un paso adelante y le respondió a sir Chapman.

—¿Su prometida? Oh por supuesto, el falso tutor planeaba dar el gran golpe casando a la hija del millonario con su pariente pobre—le dijo Calen con insolencia mirando a uno a y otro.

Stephen se acercó al hijo del duque furioso, pero lord Hastings lo detuvo y decidió poner en su lugar a ese maldito que hacía esas acusaciones agraviantes contra él, que era en definitiva el señor de la mansión.

—Cállese mocoso insolente. Ni siquiera tiene barba y quiere desposar a la señorita. Cállese porque no tengo pruebas fehacientes de que usted es quien dice ser en realidad. De ninguno. Y están en mi casa así que cállese la boca o lárguese de aquí. Porque tengo en mi poder el testamento original del señor Rostchild y hasta ahora solo he oído historias absurdas de estafa, pero de forma curiosa no he podido hablar con el doctor Norton para saber si dicen la verdad y tampoco he visto nada en los periódicos sobre la supuesta estafa de los albaceas. Me parece muy extraño que nada de eso saliera publicado en la prensa si se trataba de una herencia millonaria—le respondió.

—Pues pronto lo verá en todas las noticias señor Hastings, y yo soy sir Brighton hijo del duque y la señorita lo sabe bien.

—Y yo soy sir Williams, tengo aquí mis documentos que dan fe de que no he mentido. Caramba hombre, me ofenden sus sospechas—dijo el viejo del bastón meneando la cabeza, disgustado.

—Y a mí me ofenden los pésimos modales de su cliente, ese jovencito cree que puede llevarse el mundo por delante, insultar, golpear a mi primo y denigrar mi proceder solo por ser hijo del duque de Wessex. Pero yo conocí a su padre, y él es un caballero honorable. Usted no le llega ni a los tobillos ni tampoco se parece a él—respondió Lord Hastings.

Calen tuvo que contener lo que pensaba decirle por consejo de su abogado.

—Lo siento lord Hastings, sir Brighton está muy molesto y habló sin pensar. Solo quiere tener a su prometida, a su futura esposa. No ha querido ofenderle. Creo que estamos todos muy nerviosos hoy, y nuestra presencia ha sido inesperada...

La palabra inesperada no era del todo adecuada, pero Lord Hastings habría preferido que ese mocoso de Brighton fuera quien se disculpara, no su abogado.

—Bueno, creo que será mejor que esperéis en vuestra habitación, solo por gentileza a los forasteros se os atenderá hoy en mi mansión, pero luego deberéis marcharos mañana a primera hora.

Calen Brighton miró furioso a lord Hastings.

—¿Qué ha dicho, lord Hastings? La señorita Rostchild es mi prometida y he venido a llevármela.

—Pues no, eso no pasará hasta que demostréis con la ley que ese testamento es verdadero. Como su actual tutor y con un testamento que fue legalizado exijo que me presentéis pruebas fehacientes de que ese testamento es válido al igual que los demás documentos.

—Lord Hastings, lo que dice usted es muy grave. Es una acusación muy seria—el abogado más joven de bigotes comenzó a sacudir la cabeza, molesto mientras los demás murmuraban entre sí.

—Pues no, es lo correcto. Ustedes no pueden venir a Kerragham house con acusaciones muy graves sin tener pruebas. Hasta han insinuado que planeaba casar a mi protegida con mi primo cuando nunca planee tal cosa, sino que fue cosa de ambos y exijo ver al doctor Norton y hablar con él para poder verificar esto. Mañana mismo iré a Londres a saber si todo lo que dicen tiene algún fundamento pues me cuesta mucho creer una historia tan inverosímil. Son demasiadas cosas.

—Oh, pero su negación no es natural, no es correcta hombre. Vamos. Me conoce usted, soy sir Williams uno de los mejores abogados de Londres.

—Pues no me convence nada la historia de la falsa heredera y me ha dejado consternado que presentaran esos documentos, quisiera que un experto en documentos legales los viera antes de tomar una decisión.

Todos quedaron molestos y enfrentados.

Y Agnes, la codiciada heredera debía ser protegida, eso pensó lord Hastings que pensaba que ese asunto no iba bien y eso era por lo que habló con su primo y por algo que olfateaba a la distancia. Vio ciertos gestos, escuchó ciertas cosas ese día que no le gustaron demasiado y esas personas a pesar de ostentar títulos no le parecían de confianza. Aunque luego pensaba ¿y por qué el hijo de un poderoso duque haría todo esto si no tuviera realmente un contrato nupcial o fuera verdad una parte de la historia? Había algo rapaz y oscuro en su mirada especialmente cuando miraba a la señorita Rostchild y eso no le gustaba nada.

—Stephen, acompaña a la señorita a su habitación —dijo entonces Lord Hastings.

Su primo no dejaba de mirar furibundo a Calen, pero obedeció.

Agnes suspiró aliviada pensando que más que regresar a su cuarto quería salir de esa casa cuanto antes. Pero ¿a dónde iría? Si todo lo que decían esos hombres era cierto, estaría perdida si no aceptaba.

Avanzaron en silencio hasta su habitación hasta que él habló.

—Señorita, no se deje intimidad por esos malnacidos. Sospecho que son unos cazafortunas y que solo quieren quitarle todo luego de que firme esos documentos. No lo haga por favor. Si se casa con ese joven él se convertirá en administrador de su fortuna como su esposo y usted lo perderá todo de todas formas.

Agnes se detuvo y lo miró.

—Eso ya lo sé, sir Chapman, mi padre me lo advirtió por eso hizo un fideicomiso dejando ciertas propiedades a mi nombre para que estas no pudieran pasar a nombre de mi futuro esposo.

Stephen dijo que eso era muy bueno.

—Pero no fue mencionado ese fideicomiso en el testamento señorita. Aunque tal vez sea uno de los documentos que tiene el doctor Norton en su poder.

—Monsieur Chapman, ¿qué piensa usted de todo esto? Pues no creo que el doctor Norton sea capaz de estafarme.

—Tampoco lo creo señorita. Tiene un nombre en Londres, es uno de los abogados más importantes, más que esos que llegaron hoy de los que nunca oí hablar por otra parte. su padre era un hombre de negocios, un hombre poderoso, ¿realmente cree que él habría contratado a un abogado capaz de hacer algo tan ruin como estafar a la hija de su cliente principal?

Ella lo negó de forma enfática.

—No, jamás lo habría hecho. Mi padre era un hombre inteligente y tuvo problemas con otros abogados en el pasado, pero confiaba mucho en Norton.

Ahora solo espero que su primo pueda solucionar este enigma del testamento pues sé que mi padre nunca... él nunca me habría obligado a una boda concertada de esta forma. Nunca lo hizo, se lo aseguro.

Cuando llegaron a su habitación él le pidió que cerrara bien con llave, pero ella lo miró con tristeza y lloró. Tenía mucho miedo, no le gustaba saber que todos esos hombres habían ido a buscarla y pensó que era por su herencia millonaria. Querían su dinero, y ella no sería más que la llave que abriría el cofre. En cuanto se casará con Calen la desplumarían y encerrarían en esa horrible casa antigua de Brighton.

Stephen la miró con pena y de pronto la abrazó y ella tembló porque tenía un mal presentimiento con todo eso. Nada encajaba, pero sabía que algo tramaba ese bandido de Calen. El antiguo libertino que como bien dijo su tutor no le llevaba ni a los zapatos al gran duque de Wessex no soportaría quedarse sin la rica heredera esta vez.

Él la miró entonces y le dijo muy serio:

—No tema señorita, mi primo no permitirá que la lleven lejos de aquí. Y yo tampoco. Y no quiero su herencia, nunca me fijé en eso, ni siquiera sabía quién era cuando la vi aquí por primera vez. Y sin embargo esos caballeros han dicho cosas terribles de mi primo y de mí como si solo quisiéramos apoderarnos de su herencia.

—Descuide, sé que no es verdad. Su primo nunca quiso que me casara con usted y ahora entiendo por qué, porque si lo hacía despertaría sospechas y maliciosos comentarios de los demás—le respondió Agnes y lo miró agradecida y él la besó, le dio un beso ardiente y apasionado mientras la abrazaba. Fue un impulso de amor y protección que sintió entonces y ella agradeció pues estaba llorando asustada y él lo notó de pronto.

—Señorita, míreme, no llore... escuche. No debe tener miedo de perder su herencia, usted puede casarse conmigo y le aseguro que nada le faltará si se convierte en mi esposa. Para mí nada ha cambiado y quiero que lo sepa.

—Se lo agradezco mucho, sir Chapman, es usted muy bueno—le dijo y secó sus lágrimas.

Él estaba loco de amor por ella, lo veía en sus ojos y en sus besos. Se moría por hacerla su esposa y eso le gustaba, y también verle pelear con

Calen a golpe de puños por ella. Aunque imaginó que había sido el hijo del duque quien provocó la pelea.

—No tema señorita, estaré cerca por si me necesita, pero le ruego que no salga, tire del cordel de su habitación si algo sucede. Pero debe quedarse aquí y cerrar bien con llave ambas puertas. Aguarde, iré a revisar.

Y sin más pidió permiso para entrar en su habitación y luego fue a cerrar la puerta que comunicaba con otra habitación secundaria que se usaba para sala de vestir y que a su vez comunicaba a otras puertas de la casa.

Ella lo siguió intrigada.

—Vaya, es la primera vez que me entero de que había una puerta interior en mi habitación.

Stephen sonrió.

—Siempre está cerrada, pero por las dudas debo cerciorarme. No me fío de esos hombres, no parecen caballeros y me sorprende que ese muchachito sea el heredero del duque de Wessex. ¿Está segura de que es él, señorita?

—Oh sí, por supuesto.

El caballero notó que había algo raro en esa puerta y al moverla un poco descubrió que la puerta estaba rota.

—Señorita, temo que no podrá quedarse aquí esta noche.

Agnes se acercó.

—¿Qué sucede Monsieur?

Ella notó que algo pasaba.

—Esta puerta está rota, la llave no funciona, mire... seguramente olvidaron repararla. Sospecho que no se ha usado desde la época en que mi primo daba fiestas cuando tenía esposa—comentó.

Agnes vio que tenía razón.

—¿Pero a dónde conduce esa puerta? —le preguntó.

—Conduce a un vestidor y el vestidor a otra habitación. En el pasado estas habitaciones se usaban para alojar a una familia, a un matrimonio y a sus hijos. Por eso las puertas están comunicadas, pero luego quedaron en desuso, pero es importante que todas estén cerradas para que nadie pueda entrar a su habitación.

La jovencita enrojeció al pensar que su antiguo pretendiente podía entrar por allí y llevársela o que en días anteriores algún criado atrevido pudiera entrar en sus aposentos y espiarla…

—Vaya, entonces cualquiera pudo entrar a mi habitación—dijo en voz alta.

Stephen la miró alarmado.

—Oh no, señorita. Nadie se habría atrevido. Nuestros criados son muy respetuosos, pero no sé qué pasará con los visitantes. Son personas extrañas, parecen criados del señor Brighton más que sus parientes y no me agrada la forma en que han estado vigilándola.

—¿Cree que podrían…? ¿Qué ellos serían capaces de llevarme por la fuerza?

—Pues sí lo creo, me parece posible. Han venido decididos a llevársela y esperaban que mi primo la entregara sin más dilación, señorita. Con esa absurda historia de que usted casi es la esposa de ese hombre. Pero yo no creo en nada de esa historia. Pienso que todos mienten.

—De veras cree que falsificaron todos esos documentos?

Agnes no estaba muy convencida de eso, ella en realidad temía lo contrario, que todo fuera verdad y la obligaran a casarse con ese malvado loco de Brighton.

—Lo creo sí, pues para empezar no conozco a ninguno de los abogados y las firmas de esos documentos son algo frescas, como si hubieran sido firmadas recientemente. ¿Vio la firma de su padre?

Agnes asintió.

—SE parecía mucho —reconoció—pero estaba tan nerviosa y asustada que no miré demasiado, di por sentado que las firmas eran auténticas.

—Pues yo no di nada por sentado, estudié a conciencia cada documento y en realidad ese testamento parecía una copia del anterior con algunos cambios y se lo dije a mi primo. y el contrato nupcial tenía una fecha queme desconcertó y no quise preguntarle entonces, pero ¿cuándo murió su padre señorita?

Ella tragó saliva y dijo:

—El seis de setiembre, Monsieur.

—Bueno, pues el contrato si mal no lo recuerdo era de fecha cinco de setiembre. ¿No cree que sea raro que su padre firmara un acuerdo matrimonial dos días antes de morir? El testamento tenía una fecha anterior pero no me fío de ese testamento perdido por la muerte oportuna del testador y cuatro meses después de fallecer su padre aparecen aquí de repente con esa historia... todo es muy extraño. Porque además usted avisó que viajaba a Cumbria a sus amigas. ¿Cómo es que ellos no se enteraron de que tenía un tutor por orden de su padre y que este vivía en Cumbria? Asimismo, esa historia de la falsa heredera es completamente absurda, no tiene ni pies ni cabeza. Venga señorita... creo que debo buscarle otra habitación, pero será mejor que nadie sepa cuál será... temo que esos bandidos amenacen a los criados. ¿Podría armar una maleta pequeña para esta noche?

Agnes asintió y buscó una maleta y guardó alguna ropa y su cofre con joyas y sus cartas. Como si se fuera de viaje. No quería que entraran en su habitación y tocaran sus cosas ni que le faltara nada.

Cuando estuvo lista Stephen la esperaba en la puerta algo nervioso sin dejar de mirarla.

Luego tomó su maleta y la condujo a otra habitación. Conocía bien la mansión así que sabría dónde estaría más segura.

Agnes sintió alivio de saber que los documentos presentados por Calen debían ser falsos sin embargo estaba muy asustada al pensar que podía intentar llevársela por la fuerza si no lograba su objetivo.

Avanzaron en silencio y sin detenerse, como sir Chapman conocía bien la mansión pudo llevarla por el ala este sin que nadie notara su ausencia. Supuso que luego le avisaría a su primo.

—¿A dónde me lleva? —le preguntó entonces.

Él la miró y le hizo un gesto de que guardara silencio.

—No tema, estará a salvo—le dijo en un susurro.

Tuvo la sensación de que iban a lugar más extraño y recóndito de la mansión y al abrirse la puerta Sir Chapman portaba un candelabro.

Agnes notó que el aire cambiaba y se volvía más frío como si hubiera un fantasma y de pronto se detuvo al ver una pintura mural de una dama regordeta y rubia con grandes ojos azules.

—Es lady Amelia Hastings, la esposa de mi primo—le dijo él al ver que se detenía a mirar.

Agnes había visto un retrato similar el día de su llegada cerca del comedor principal por eso, ese rostro le resultó familiar.

—Venga, no hay tiempo que perder.

Ella lo siguió con prisa, pero no muy convencida pues tenía la sensación de que algo la observaba en la penumbra de ese corredor interminable.

Habitaciones cerradas todas ellas y sin poder abrirlas decidió buscar una que estuviera escondida a través de otra habitación.

—NO tenga miedo de entrar aquí, es el lugar más seguro de todos. Ningún criado se atrevería a venir y esas personas no lo conocen.

Agnes entró en la habitación que olía a encierro y suspiró. Todo estaba impecable, sin embargo, aseado pero cerrado como si no se hubiera abierto en años.

—¿Por qué dice eso? ¿Qué sucede aquí?

—Son las habitaciones de casado de mi primo, señorita. Cuando estaba casado y vivía con su esposa. luego de su muerte dejó todo como estaba y se mudó a una habitación de huéspedes, a la más espaciosa—le explicó.

—Entonces... no hay nadie aquí? –a la joven francesa no le hizo gracia pues ya podía sentir algo siniestro a su alrededor, algo relacionado seguramente con el fantasma de esa dama.

Stephen la miró.

—No se preocupe señorita, estaré cerca... solo debo traer mis cosas y hacer guardia junto a su habitación. Por si intentan venir a buscarla para llevarla a la fuerza.

—Pero acaso cree que serían tan malvados de hacer eso?

—Es mejor estar preparados, pensé que su habitación sería más segura, pero al parecer me equivoqué y mi primo me dijo que la cuidara. Él también estará alerta y pidió a los criados que vigilaran de cerca a ese grupo de caballeros. No son de fiar. Y sospecho que si no logran convencer a mi primo por las buenas intentarán llevársela raptada.

—Oh no...

—Trajeron un contrato nupcial señorita y un acta de bodas que yo creo que es falsa, pero ¿qué pasaría si la secuestran y la obligan a firmar esa acta? Si la obligan a casarse con ese caballero estará a su merced y nunca más la dejarán escapar. Quieren su herencia, señorita y a usted.

Agnes sabía que tenía razón, él era abogado y entendía más el riesgo que corría en esos momentos. Además, intuía algo más, era muy perceptivo.

—Mintió demasiado, dijo ser su prometido y asegura que su padre firmó ese compromiso antes de morir, pero luego... ¿resulta que el testamento la trajo aquí a Cumbria? ¿Por qué su padre la enviaría tan lejos si ya había decidido casarla con Calen? Bueno, son demasiadas incongruencias y es evidente que todos forman parte de un complot para apoderarse de la heredera.

—¿Y si fuera verdad? ¿Si mi padre hubiera sido obligado a firmar esos documentos?

—Señorita, eso es absurdo. ¿Por qué su padre se dejaría presionar por esos abogados bandidos o por Calen Brighton?

Agnes calló y pensó que no debía decir lo que sospechaba.

—Es que no quiero quedarme en este lugar, es demasiado helado y tétrico. Hay algo allí en las tinieblas del corredor—se quejó luego.

—No piense esas cosas, no piense en fantasmas. No hay nada aquí.

—Pero eran las habitaciones de una dama venerada por su marido. Lo guardó todo de forma íntegra. Quizás... dejó aquí sus ropas ¿no es así? Sus retratos.

Stephen dijo que imaginaba que sí, pero...

—Lo hizo porque quería dejar atrás su antigua vida y el dolor de perder a su esposa, señorita. Todo esto le traía tristes recuerdos y la única forma de seguir adelante era dejar cerradas las habitaciones. ¿Todavía la ama sabe? Y dijo que nunca más volverá a casarse.

—¿Y cómo murió ella, sir Chapman?

La expresión del caballero cambió.

—Tuvo un mal parto y el niño no... no era sano. A pesar de ser una dama fuerte, no pudo... fue extraño. Ella no podía quedar encinta a pesar de ser una joven saludable y joven y fue con una curandera.

Agnes sintió algo raro cuando le dijo eso.

—Entonces logró quedar encinta y todos estaban tan felices pero el niño era deforme señorita y cuando dio a luz quedó muy débil y al ver a su bebé... creo que fue demasiado para ella y para mi primo.

—Oh mon Dieu... tuvo un bebé con hierbas malignas.

—¿Cómo sabe eso, preciosa? —preguntó Stephen sorprendido

—Porque sucedió algo parecido en Norfolk...—dijo ella evasiva—Una mujer llevaba años sufriendo por no poder darle un heredero a su marido y dicen que fue al campo y buscó a una bruja que le dio unas hierbas rojas asegurándole que con ellas podría engendrar un hermoso bebé... pero luego el niño que nació era normal en apariencia, pero provocó un parto muy difícil y su madre murió. Con el tiempo supieron que era un niño extraño, apenas decía palabra y un buen día desapareció sin dejar rastro.

—OH qué triste coincidencia. Me sorprendió mucho saber que Amelia había hecho eso, ella era una mujer buena y devota, supongo que estaba desesperada pues hacía tres años que estaban casados y no lograba quedar nunca encinta. Hasta fue a Londres a hablar con doctores por eso, pero nada resultó. Mi primo me lo contó en un momento de tristeza y desesperación. Ella se lo confesó poco antes de morir y le pidió perdón por haberlo hecho. Creía que ese niño no era suyo sino del diablo.

Agnes se persignó y chilló que no quería quedarse allí. Se volvió loca de miedo de repente y Stephen comprendió que había cometido una gran estupidez.

—Oh, pero no piense eso, no tenga miedo. no fue así, no era hijo del diablo solo que ... hay mujeres que solo dan a luz niños débiles o enfermos.

—Pues no intente tranquilizarme ahora. Sé lo que pasó con ese niño, porque es lo mismo que pasó en Norfolk. Son niños que nacen por brujerías y que luego son llevados por el diablo.

Los ojos oscuros de Stephen se abrieron más aún mientras la miraba sorprendido.

—Eso no son más que supersticiones. No hubo nada de brujería se lo aseguro, pues el doctor que asistió el parto dijo que esos yuyos que usó pudieron causar malformaciones al bebé. que no es bueno beber esos yuyos para la fertilidad que a veces ofrecen a las señoras que buscan quedarse preñadas.

Agnes tragó saliva y procuró tranquilizarse, pero se puso histérica cuando Stephen dijo que debía ir a buscarle el almuerzo, mantas y leña.

—Oh no me deje sola aquí por favor—le rogó.

—Señorita, no tema. Vendré enseguida. Se lo prometo—le dijo él.

Ella se sintió horriblemente angustiada y nerviosa en esa habitación.

—¿Por qué no llama de un cordel?

—Porque nadie debe saber que está aquí. Es un buen escondite, el mejor de todos.

—¿Un escondite? Esto es un santuario de una dama muerta aquí. Le aseguro que no dormiré aquí, milord. Lo siento, pero no podré… la luz es mortecina este día y he sentido una inquietante presencia.

—Señorita, solo es el poder de la sugestión.

—Pues se equivoca, aquí he sentido algo… escuche. Yo tengo el poder de ver cosas. Como mi tía, de sentir y lo que le conté hoy no ocurrió en Norfolk, fue aquí… yo lo vi. Y también el maligno rostro de la curandera que le dio esas flores rojas para quedar encinta.

Stephen la miró asombrado.

—No siempre me pasa, solo cuando siento esas presencias fantasmales o alguien me cuenta cosas. En realidad, usé ese don para ayudar a mi tía hace años, sir Chapman, pero era muy agotador, en esas sesiones des espiritismo las visiones eran un horrible tormento para mí.

—Entonces no era su tía quien se dedicó a la adivinación, usted lo hizo para ayudarla?

—Ella tiraba las cartas Monsieur, le leía las manos a las mujeres obsesionadas que esperaban un príncipe azul… pero yo era quien tenía visiones fantasmagóricas, los fantasmas se acercaban a mí para mostrarme cosas y eso ocurrió de casualidad cuando era niña. Pero mi tía no me obligó, yo quería ayudarla a ganar más dinero. Siempre faltaba dinero en la casa y aunque mi padre nos dio esa propiedad para vivir, la compró para mi tía debíamos pagar los impuestos y las cuentas que llegaban todas las semanas.

—¿Y ahora ha tenido visiones cuando estuvo aquí?

—Vi a una dama triste y furiosa, Monsieur, en un rincón. Y sé que es la dama del retrato. Creo que todavía está aquí por lo que usted acaba de contarme y yo vi de repente.

—Señorita, eso no es asunto suyo. Mi primo ordenó que las habitaciones fueran cerradas.

—Pero esa dama me da miedo Monsieur, es un espíritu lleno de tristeza y de ir. Está furiosa. Algo la inquieta y está cerca de aquí. Debe sentir que estoy invadiendo su santuario o que yo… no debo estar aquí.

—Tranquila. Yo voy a arreglar todo ahora. Venga conmigo si quiere, pero solo podrá avanzar hasta la puerta principal, y me esperará allí. ¿Me lo promete?

Ella aceptó pues era mejor que quedarse allí en esa habitación, pero estaba atemorizada, ese lugar escondía más secretos. Cosas oscuras que no quería ver.

Y antes no había sentido eso, pero al entrar en esos aposentos las visiones fueron tan fuertes y claras para ella. A veces no quería ver cosas, se negaba a hacerlo y otras simplemente ocurría.

Siguió a Stephen y se quedó allí esperando su regreso, nerviosa mientras musitaba una plegaria.

Sabía que no era solo ese fantasma atormentado encerrado en esos aposentos, eran las personas que habían llegado ese día. Tenía un mal presentimiento, algo trágico se avecinaba y temía no poder impedirlo.

Esos hombres de Londres tramaban algo y sabía que Sir Chapman no exageraba. Debía quedarse allí pues nadie se atrevería a entrar en esos aposentos embrujados. Bonito escondite le había encontrado su enamorado.

****

Los criados entraron temblando a esos aposentos y supo que su tutor estaba molesto de que usaran los aposentos de su esposa para ello y fue a ver lo que pasaba.

Agnes vio que era un hombre atormentado y triste por causa de esa dama y que ella estaba allí cerca esperándole. Quizás de alguna forma había quedado atrapada en una de esas habitaciones. ¿Pero por qué? No podía entenderlo.

Algo había pasado ene se lugar y ella trató de no pensar en ello.

Pero no vio amor en los ojos de su tutor cuando vio el retrato de su amada esposa sino algo que le pareció un sentimiento sofocado y extraño.

Entonces ella pensó que debía decir algo y se le acercó.

—Lo siento Monsieur, siento todo esto... no quisiera estar aquí, pero Stephen dijo que...

La mirada de su tutor se volvió fría, pero no parecía enfadado.

—Esto no es su culpa, señorita. Por favor. Mi deber es cuidarla y le aseguro que llegaré hasta el fondo de este engaño porque estoy seguro de que han montado una farsa para raptarla. Planean hacerlo y ahora varios de ellos se han marchado ¿sabe? Pero sé que regresarán. Calen y sus abogados me han pedido para quedarse hasta mañana a primera hora, pero sé que traman algo.

—Lord Hastings, son hombres peligrosos. Calen Brighton es un joven malvado y muy fuerte. No se deje engañar por sus apariencias. Escuche, hay algo que no le dije... estaba muy nerviosa y solo quería escapar. creo que iba a hacerlo si Stephen no me hubiera traído aquí este día—le confesó.

Su tutor se puso muy tenso.

—No se preocupe, señorita, está a salvo en mi propiedad. Mis criados y mozos vigilan los alrededores, solo que creo que debemos ir a Londres cuanto antes para hablar con su abogado y ponerle al corriente de lo sucedido. Estoy seguro de que es inocente de todo lo que le han acusado.

No podía creer que el hombre que había sido tan antipático y frío con ella desde su llegada estuviera tan ansioso por defenderla y cuidarla.

—Le agradezco, Monsieur yo...

—No me dé las gracias, señorita, por favor, solo cumplo con mi deber.

Entonces apareció Stephen y ambos se miraron.

Algo tramaban y los vio alejarse y conversar entre susurros para que ella no escuchara mientras su doncella Meg aparecía para ayudarla en el aseo pues acababa de almorzar y ese día no podría hacer mucho más que asearse, dormir una siesta y esperar... casi deseaba que pasara.

Cuando hubo estado cambiada y aseada su doncella la ayudó a cepillar su cabello y notó que estaba asustada. Aunque la habitación se veía mucho más templada y agradable con sus pertenencias la doncella parecía querer decirle algo.

Pero tuvo que ser ella quién hablara.

—¿Qué sucede Meg? Te ves asustada. ¿Acaso quieres decirme algo?

—Es que... no debe estar aquí señorita. Tengo miedo por usted.

—¿Por qué tienes miedo? ¿Qué hay en estos aposentos, Meg?

La joven dijo que había hablado demasiado.

—Discúlpeme, no debí decirle nada.

—Por favor, dime lo que sabes.

—Estas habitaciones pertenecieron al señor y a su esposa cuando eran recién casados. Es la zona más bella de la casa, la que tiene vista al bosque. Ahora no podrá verlo porque ha oscurecido temprano, pero...

—¿Tú trabajabas aquí cuando vivía lady Hastings, Meg?

Ella la miró nerviosa y asintió con un movimiento lento y luego tragó saliva.

Por supuesto que el asunto del bebé y su muerte prematura era muy perturbador y triste, por eso todos los sirvientes evitaban ir allí.

—Ella era una dama muy hermosa y buena. Era un ángel y el señor la adoraba, pero su muerte... dicen que su alma no tiene descanso y sufre en silencio encerrada aquí.

—¿En qué habitación murió Meg?

—No fue aquí sino al final del pasillo, junto a la nursery. Pero no se preocupe, todas las habitaciones están cerradas con llave solo que no debieron abrirlas, no debieron venir aquí. Eso es malo. A los muertos no les gusta ser molestados, señorita.

—¿Entonces ya han venido antes?

La doncella se puso colorada.

Meg asintió.

—Es lady Hastings que no encuentra descanso, ella todavía busca a su esposo y llama a su bebé y en algunas noches se escucha el llanto de un niño. Es un fantasma muy atormentado.

—Crees que corro algún peligro aquí?

—OH no señorita, sir Chapman estará en la habitación contigua y pendiente de usted. Y dos criados vigilarán este piso y se harán rondas nocturnas como si fuera el atalaya de un castillo.

—Lo siento Meg. Este lugar está encantado... puedo sentirlo. No debo quedarme aquí.

—Oh no diga eso, señorita. Solo son voces, los fantasmas no pueden hacer daño. Yo me quedaré con usted y también el señor Chapman. Solo que a veces los muertos se molestan y ninguna criada quiere venir a limpiar estos aposentos.

Agnes habría deseado contradecirla pues durante años ella tuvo muy buenas charlas con los muertos en casa de su tía en París y nunca le hicieron daño. Los muertos solo daban mensajes cortos, daban pistas, pero no respondían si no querían hacerlo. Eran gente extraña y misteriosa.

Y de pronto Agnes sintió una presencia maligna acercarse y tembló.

—Señorita, ¿qué le sucede? —preguntó Meg.

Agnes sabía que algo maligno se acercaba y se lo dijo. No sabía si era un fantasma o algo más. Esa charla sobre fantasmas la había impresionado y quizás ahora estuviera viendo cosas...

—Meg, ¿dónde está Sir Chapman?

—Está en la otra habitación.

Agnes corrió a buscarle, pero encontró la puerta trancada por fuera y no pudo abrirla.

Su doncella la ayudó, pero tampoco pudo entonces alguien comenzó a exigir a grito de jarro que abrieran la puerta y se escucharon varias detonaciones a la distancia.

La habían encontrado, sabían que estaba allí y la llevarían a la fuerza. La presencia maligna no era otra que la de Calen Brighton y sus hombres.

Meg la miró aterrada.

—Oh señorita, la encontraron... debe esconderse.

—¿En dónde Meg? Este lugar tiene todas las habitaciones cerradas.

Pensó en esconderse, pero no tuvo tiempo de hacerlo pues la puerta se abrió y entraron varios hombres rudos y Calen Brighton estaba allí mirándola con una pistola en su mano.

—Vaya, qué bonito escondite has elegido. El ala embrujada de la mansión. ¿Pensaste que eso me detendría? Yo no creo en fantasmas.

Meg fue sacada de allí por dos hombres rudos mientras uno de ellos le decía algo a Calen.

A lo lejos se oían gritos de criadas y nuevas detonaciones y más gritos...

—Maldito seas Calen Brighton, antes muerta que ser tu esposa—le gritó y desesperada corrió por toda la habitación hasta llegar al bastidor mientras buscaba desesperada algo con qué defenderse.

Él se rio de su fuga y gritó que la encontraría.

Entonces la joven pensó que era mejor esconderse y no enfrentarle pues era un hombre alto y muy fuerte. Nunca podría vencerle ni tampoco acertar en lo que quisiera lanzarle pues sabía que lo esquivaría. Era bueno en la lucha y lo hacía por deporte y ahora solo le quedaba hacer tiempo, esconderse y rezar para que su tutor fuera a enfrentarle.

Se metió debajo de la cama y aguardó mientras sostenía en su mano un adorno que había encontrado, un pequeño florero de porcelana.

Tembló al sentir los pasos de Brighton en la habitación. No había tardado en llegar y parecía dispuesto a todo.

—Vaya, así que ahora jugáis al escondite... pues os encontraré coqueta francesa. Esta vez no escaparéis de mí

Y tras decir eso buscó en los armarios, en los demás muebles y siguió caminando y al ver que se alejaba ella salió de la cama y se escabulló con sigilo, pero él la vio y corrió tras ella y la atrapó en el aire y la levantó en brazos como si atrapara a una muñeca de trapo.

Agnes gritó con todas sus fuerzas mientras lo mordía y escapaba y volvía a ser nuevamente atrapada cuando llegaba a la puerta.

Pero él echó los cerrojos y luego la atrapó y le gritó que se quedara dónde estaba.

—No voy a hacerte daño, pero tú tendrás que venir conmigo ahora. No vais a dejarme como un tonto hazmerreír de nuevo, Agnes Rostchild de Fontaine—le dijo sujetándola con rudeza de los brazos, mirándola con tanto odio que la asustó. y de pronto la empujó contra la cama para dejarla inmovilizada.

Agnes tembló como una hoja mientras le decía suplicante:

—Calen por favor, soltadme os lo ruego, no me hagáis daño.

El la miró con furia y deseo y la mantuvo sujeta en la cama mientras le daba un beso ardiente y desesperado y la sujetaba con todas sus fuerzas.

La deseaba como un loco, besó sus labios una y otra vez solo eso pudo calmarle, pero luego besó su cuello y abrió su vestido para besar sus pechos, pero ella gritó y pidió ayuda, pero él decidió que lo primero era obligarla a callar y lo hizo colocando su mano en su boca.

—Calla muñeca francesa. Tú y yo tenemos que hablar.

Ella se cubrió el escote y tembló al verse a su merced.

—Tú vendrás conmigo ahora sin gritar ni decir nada, ¿habéis comprendido? Aceptaréis venir conmigo y ser mi esposa.

Agnes se quedó inmóvil y lo miró demasiado asustada para protestar o hacer algo en esos momentos.

—Escucha bien, pequeña, si no quieres que le diga a todos la verdad vendréis conmigo. Tú no puedes casarte con ese pariente pobre del conde, no puedes porque no eres la hija legítima de vuestro padre, sois la bastarda de Edmund Rostchild y cuando él lo sepa no te querrá por esposa. Vuestro padre firmó ese testamento para que yo guardara silencio, pero no lo haré si tú te rehúsas a ser mi esposa. ¿Has comprendido?

Agnes lloró cuando escuchó eso y lo apartó furiosa.

—Es mentira. Mientes para que haga lo que tú quieres, malvado sajón.

—No miento, muñeca tonta y tú lo sabes, otros también lo saben, pero como era un millonario poderoso nadie habría osado decirlo en voz alta. ¿Cómo crees que me enteré de ese secreto ferozmente guardado?

Ella tragó saliva y respiró hondo.

—Esa acta de nacimiento que presentó para legalizar vuestro nacimiento fue falsificada aquí y yo tengo como probarlo. Ya he presentado una querella contra el testamento y diré a todos la verdad. Vuestro padre solo tuvo una esposa en su vida y un hijo legítimo que murió cuando se accidentó el navío en que viajaba a Nueva York. Eso fue hace años y su primera esposa sigue viva y al parecer desea reclamar su parte de la herencia. Lo he averiguado. Y todos en Berlín sabían que el millonario Rostchild tenía una amante francesa y con ella tuvo una hija, a la que reconoció cuando la trajo a Londres a ser presentada en sociedad. Pues a todos decía que era su hija, pero luego tuvo que falsificar un acta de matrimonio y de nacimiento para que tú fueras su heredera. Pero yo tengo pruebas de que es una falsificación pues la primera esposa de vuestro padre todavía vive y él jamás pidió el divorcio y en el acta falsa de matrimonio dice que era viudo... pues os aseguro que diré a todos la verdad y vos os quedaréis sin nada, preciosa.

—Pues no me importa, haced lo que queráis. Solo déjame en paz. No voy a casarme contigo. Eres un joven malvado y un vil oportunista. Solo quieres casarte conmigo por interés, para tener todas las tierras que mi padre compró. Yo escuché lo que hablaron ese día, sabía que estabas presionando a mi padre para que me casara contigo para no divulgar su secreto. Yo no sabía qué era, pero ahora lo sé. Pero tú quieres esas tierras, tu familia las codicia y también la herencia millonaria que tendrías como mi esposo, ¿no esa sí?

—Vaya, ahora os mostráis muy valiente, francesita, valiente sí... pero ¿qué dirá ese prometido pueblerino cuando sepa que su prometida es en realidad una bastarda? ¿Qué dirá él cuando tú pierdas tu herencia por un estúpido orgullo? ¿Crees que todavía querrá casarse contigo? Los caballeros de Cumbria son muy orgullosos.

Agnes tembló y comenzó a llorar y a gritar pidiendo ayuda. No quería que se hombre volviera a tocarla nunca más y prefería que todos supieran que era una bastarda antes que ser la esposa de ese demonio.

Agnes lloró.

—Eres un maldito Calen Brighton, soltadme, no me casaré contigo jamás. Y no me importa perderlo todo, solo quiero regresar a Francia con mi familia, la única familia que me queda y lo haré, juro que lo haré.

Él no estaba preparado para que ella volviera a rechazarle. No esperaba que fuera tan osada y atrevida y encima le dijera que prefería irse a Francia a ser su esposa.

Todo lo que había hecho había sido en vano.

Pero no iba soportarlo.

—Déjame en paz, suéltame.

—No, no te perderé de nuevo, tú vendrás conmigo ahora o prenderé fuego esa casa horrible y helada.

Pero no pensaba en eso exactamente, hablaba con impulso y al verse rechazado le dio un beso ardiente y trató de hacerla suya por la fuerza en esa cama. estaba desesperado y no la perdería de nuevo. Le haría eso para obligarla a casarse con él pues sabía que luego quedaría atrapada.

Ella lloró y le suplicó que la dejara en paz, pero él estaba fuera de sí y sus ojos estaban dilatados como los de un loco o un demonio, como si una fuerza oscura y primitiva lo empujara a hacer barbaridades.

—Déjame por favor, me casaré contigo si me dejas ir, no me hagas daño—le dijo Agnes desesperada.

Él la miró incrédulo y todavía furioso. No estaba seguro de que lo cumpliría, pero decidió arriesgarse y la sacó de la cama y se dispuso a sacarla de la habitación.

—Tú vendrás conmigo ahora y si intentáis escapar juro que os dejaré amarrada.

—Suéltame por favor, me hacéis daño. Déjame.

Estaba lastimándola y Agnes comenzó a gritar, a pedir ayuda pues temía que ese hombre enloqueciera y terminara tomándola por la fuerza en esa habitación o haciéndole daño de todas formas.

Mientras forcejeaban la puerta se abrió con un estruendo y entró Stephen furioso seguido de dos criados.

—Suelte enseguida a la señorita Rostchild, bandido sinvergüenza.

Calen lo miró con una sonrisa.

—La señorita vendrá conmigo ahora, ¿no es así preciosa? Acaba de prometer que se casará conmigo. ¿O acaso deseas que le cuente a tu prometido pueblerino vuestro secreto?

Ella lo miró suplicante. Pero Calen lo dijo, dijo que ella era la hija bastarda de Edmund Rostchild.

Agnes quiso correr, pero ese malvado la retuvo y entonces Sir Chapman pensó que ya había sido suficiente y lo apartó y lo golpeó tan fuerte que lo derribó. Pero Calen no se rindió y sacó una daga filosa para herir a Stephen y Agnes gritó y observó la escena espantada.

Pero lord Hastings llegó para separarles y poner fin a esa trifulca y entre los dos dejaron a Calen Brighton amarrado con sogas a la cama como si fuera una pobre ramera.

—Ahora daremos cuenta de lo que has intentado hacer muchacho, veremos qué dice vuestro padre cuando se entere de que intentaste secuestrar a la señorita Rostchild.

Calen intentó quitarse las sogas y se quedó furioso rabiando. Pero no podría escapar. Ahora se quedaría amarrado a esa cama hasta que decidieran qué hacer con él.

Agnes se alejó temblando de esa habitación y cuando llegó a su cuarto lloró, no pudo evitarlo. Jamás pensó que ese joven le haría eso, pero debió imaginarlo. Era realmente perverso. Había intentado...

—¿Señorita, ese hombre le hizo daño? —le preguntó Stephen.

Ella lo miró incapaz de decir palabra y lloró y él se acercó y la abrazó. Necesitaba tanto ese abrazo, sentir su calor y consuelo. No podía hablar todavía estaba temblando.

—Tranquila, todo ha terminado. Mañana temprano se irán y serán apresados. Él no se acercará a usted nunca más. Se lo prometo.

Agnes lo miró con tanta tristeza.

—Gracias señor Stephen, gracias por ayudarme... iba a llevarme a la fuerza, dijo que lo haría. Me hizo prometer que sería su esposa o contaría mi secreto.

Stephen dijo que no importaba.

Ella dijo que sí importaba y volvió a llorar.

—Por favor, descanse ahora, tranquila. Todo ha terminado y está a salvo. Se lo prometo. Todo ha terminado, ahora debe descansar.

Pero Agnes necesitó una tisana de la cocinera para lograr calmar sus nervios y aunque su prometido le dijo que todo estaría bien y no importaba, ahora Stephen sabía su secreto, ese secreto que ella había sospechado, pero del cual su padre jamás había hablado: que era hija ilegítima de Edmund Rostchild. ahora Calen se lo diría a todos y le quitarían su herencia y sabía que ya no le importaba esto último, pero sí su orgullo herido. Que todos supieran que era una bastarda.

****

Al despertar tuvo la sensación de que había tenido una horrible pesadilla y le costó mucho comprender que los extraños sucesos de la noche anterior, su estancia en el ala embrujada de la casa, la aparición de calen y sus horribles revelaciones.

Se sintió débil y triste. Abatida.

Ahora todos sabrían la verdad, que no era hija legítima de Rostchild y entonces el testamento sería anulado y Calen la arruinaría.

Su tutor la echaría de esa mansión y entonces ya no tendría a donde ir.

Jamás podría ir a Francia ni mucho menos ser la esposa de sir Chapman y en realidad no sabía qué pasaría con ella ahora.

Y eso la hizo llorar.

Calen Brighton cumpliría sus amenazas y buscaría a la viuda de su padre para que presentara un litigio por la herencia.

Su padre la quería, aunque fuera una bastarda, siempre la había amado, pero no siempre la había cuidado. Quizás tardó mucho en buscarla y llevarla a Inglaterra y eso debió despertar rumores.

Al final todo se termina sabiendo, solía decir una de sus tías y tenía razón. La verdad siempre salía a la luz.

Ella había sospechado eso mucho antes pero jamás habló de ello con su padre, él decía a todos que su esposa era francesa y jamás mencionaba a la madre de Alexander, su primera esposa y todos daban por sentado que había enviudado y luego se había casado con la hija de un conde francés empobrecido.

Siempre supo que su madre fue el gran amor de su padre, que la adoró tanto que llevaba su retrato a todas partes y jamás dejó que nadie ocupara su lugar. Hablaba de ella con mucho afecto y solo lamentaba que hubiera vivido tan poco.

Pero ahora todo eso era parte del pasado y debía enfrentarse a la realidad.

Saber qué pasaría.

Y se dispuso a saltar de la cama y enfrentar su destino con dignidad.

Así que secó sus lágrimas, se lavó la cara y cambió con rapidez y procuró mostrarse erguida y digna.

No iba a suplicar y si tenía que marcharse quizás pudiera encontrar trabajo en alguna casa como costurera pues sabía bastante de cómo zurcir, bordar y coser botones y le gustaba eso.

Tiró del cordel y tuvo la sensación de que Meg tardaba un poco en aparecer y al hacerlo la miraba con ansiedad.

—Buenos días, señorita, ¿se encuentra bien?

—Sí, estoy bien.

—Disculpe la demora en acudir a su habitación, pero la mansión es un verdadero caos. Anoche fue terrible. Todavía estamos arreglando el desastre que dejaron esos hombres de Londres.

—¿Y qué pasó con el sajón? ¿Con Brighton? ¿Se lo han llevado? —era lo que más angustiaba a Agnes en esos momentos.

—Pues sí, esta mañana a primera hora. El alguacil lo llevó prendido a él y a los demás por asaltar la casa e intentar robar a la heredera Rostchild. Temo que esto saldrá en los periódicos...o eso aseguró el conde de Hastings.

Agnes sonrió.

—Pues eso espero. Deben castigarle por esto.

—¿Y Lord Hastings se ha marchado esta mañana?

—Así es señorita, dijo que debe presentar la denuncia por la invasión a su propiedad, su secuestro y también quiere hablar con su albacea para contarle lo ocurrido—le respondió Meg.

La joven francesa tembló al pensar en lo que pasaría después.

—¿Y cuánto demorará en volver? —preguntó a su doncella.

—No lo sé, señorita.

Estaba demasiado triste para reunirse con Stephen ese día, temía que él tampoco quisiera verla pues hasta su tutor la había evitado ese día y se había marchado a primera hora a Londres. ¿Sería cierto que iría a ver a su albacea o iría a renunciar porque sabía que no era la hija legítima de Edmund Rostchild?

Prefirió quedarse en su habitación y descansar. El día estaba gris y helado y se quedó leyendo y luego rezó para que todo saliera bien.

Estaba nerviosa y triste y necesitaba recuperarse.

Los sucesos violentos del día anterior la habían dejado agotada, además.

****

Al día siguiente decidió dar un paseo a media mañana.

Se preguntó si quizás no sería más sensato escapar, pero ¿adónde iría? Pensó con tristeza.

Entonces pensó en el pantano y cuando estuvo cerca tembló.

Odiaba y temía ese lugar y había llegado allí por equivocación, pero ahora pensó que tal vez pudiera...

Se acercó despacio y de pronto sintió que algo la jalaba hacia atrás. Unas manos como garras la sujetaban y una voz furiosa la sostenía con fuerza.

Apenas tuvo tiempo de gritar cuando comprendió que era Stephen Chapman y que la había seguido como hacía al principio cuando pensaba que escaparía.

—¿Qué está haciendo señorita Rostchild?

Ella lo miró con tristeza.

—Ed que no tengo a donde ir ahora, señor Chapman. Todo ha terminado para mí. Calen revelará mi secreto y yo... no veo otra salida—le respondió y sus ojos se llenaron de lágrimas que se apuró a enjuagar —lo lamento mucho. No sé ni cómo llegué aquí.

Él no la liberó, sino que la llevó lejos y la apretó muy fuerte contra su pecho.

—Siempre hay una salida señorita, por favor, no vuelva a hacer eso. Yo la amo ¿entiende? Y no me importa lo que ese bandido haya dicho. Quiero que sea mi esposa, que sea mía un día. No he dejado de desearlo desde el día en que la vi y lo que pasó no cambió nada para mí.

—Siente pena por mí ahora verdad? Solo quiere ayudarme.

—No diga eso, ¿cree que le habría pedido matrimonio si no la amara? Para mí nada ha cambiado, ni, aunque ese testamento sea verdadero que sé que no lo es. No dejaré que ese bandido la reclame como suya, que la lleve de mi lado jamás.

—Pero ahora sabe la verdad. ¿Qué pensará su familia si ese hombre dice a todos que soy la hija ilegítima de Edmund Rostchild? Le conozco y querrá vengarse de mí.

—Nunca quise desposar a la hija de un millonario, solo la quise a usted y la habría hecho mi esposa, aunque fuera una jovencita pobre y sin dote. Se lo juro. Porque la amo por cómo es, una joven delicada y tierna, y hermosa... tan hermosa. Pero también le advierto que si decide renunciar a su herencia yo la apoyaré. Usted no necesita de esa herencia, yo puedo darle una vida cómoda señorita. No soy millonario, pero tengo lo suficiente para que jamás nada le falte, se lo aseguro. Solo cásese conmigo y deje que cuide de usted, sea mi esposa y le prometo cuidarla y amarla por el resto de nuestros días.

Ella volvió a llorar de emoción al oír sus palabras.

—Usted es demasiado bueno. Yo no soy hija de un caballero... usted necesita una dama que no lo avergüence con su familia, cuando todos lo sepan este escándalo manchará su nombre y también su primo se enfadará... todo lo que pasó traerá consecuencias.

—No diga eso, mi primo jamás pondría reparos. Señorita. Soy un hombre y no necesito pedir permiso para casarme. Deje de pensar en esto. Tenemos mucho más que contar de ese desquiciado y si se atreve a ofenderla tendrá que enfrentarse a mí cara a cara en un duelo. ¿Quizás solo quiere que lo haga, entiende? piensa que soy un oportunista, el pariente pobre de la familia que buscaba una heredera y dijo eso para alejarme de usted y así él podrá regresar a buscarla. Pues no lo permitiré—hizo una pausa y la miró—señorita, solo dijo eso para hacer una maldad. Usted fue reconocida en ese testamento, nadie puede decir lo contrario y hacerlo no sería de caballeros. Ese infeliz habló para amedrentarla y por despecho, pero sus padres estuvieron juntos y se amaron y la tuvieron a usted, su padre fue a buscarla, él la amaba y la nombró su heredera. Eso es lo que debe importarle. Le buscó un tutor para evitar que fuera raptada, eso me dijo mi primo una vez. Su padre sabía que como su heredera tendría problemas. Le dejó demasiado dinero. Ese dinero le dará problemas quizás debería donarlo a caridad, una parte, porque en ocasiones hay gente que asesina por una herencia. Tampoco sabemos si lo que dijo ese hombre es verdad porque este sujeto llegó aquí con mentiras y embustes y yo sospecho que dijo todo esto para atraparla y forzarla a esa boda. Pensó que se rendiría para evitar que todos supieran su secreto... Como no logró su objetivo y comprendió que no podría llevársela habló y se vengó pensando que así la arruinaría, pero para mí nada ha cambiado se lo aseguro.

Ella tembló de la emoción, sus palabras le dieron tanto consuelo, tanta fuerza. Al fin encontraba a un hombre que realmente la amaba y que no le importaba nada si era o no hija legítima ni heredera de Rostchild.

La joven francesa se refugió en sus brazos y le dio las gracias mientras secaba sus lágrimas.

Pero todavía se sentía frágil, no estaba fuerte para enfrentar las consecuencias de esa visita, no sabía qué noticias traería su tutor y sin embargo en sus brazos se sintió en paz y reconfortada. Él le trasmitía tanta calma, tanto amor y afecto.

Cuando llegaron a los jardines él la bajó al piso y la llevó a un lugar privado para besarla.

—Por favor, ángel, cásate conmigo ahora, ya no quiero esperar. Escuche, podemos casarnos, mi primo no se opondrá—le susurró sin dejar de mirarla.

Ella había respondido a sus besos y se había aferrado a ellos, a su calor.

—Lo haría, me encantaría, sir Chapman, pero temo no ser una esposa adecuada... temo que luego todos se burlen de usted por mi secreto o digan cosas que le hagan sentirse mal.

—Señorita, no me importa lo que digan de mí, jamás me importó y menos ahora. Deje de pensar esas cosas.

—¿Y cree que podríamos casarnos tan pronto sin que su primo nos dé su aprobación? —A ella le pareció precipitado.

—Quiero hacerlo, usted debe dejar esta casa cuanto antes. No quiero que ese bandido regrese. Temo que ese acuerdo nupcial sea legalizado y la obliguen a convertirse en la esposa de ese hombre. Pero aquí nadie sabe nada todavía y es mejor así. Ese malnacido tal vez regrese, pero se enterará que usted es mi esposa y ya no podrá hacer nada. Supongo que ya no regresará, pero es mejor estar prevenidos.

—¿Entonces sospecha que pueda legalizar esos documentos?

—No lo sé, no sé qué hará, pero estaba furioso cuando se lo llevaron y dijo que usted era su prometida y que regresaría a buscarla. Solo espero que todo lo que dijo sea mentira, los documentos, todo lo demás. Pero el documento nupcial es lo que me preocupa en realidad. Como abogado me preocupan esos documentos. Ir a litigio por ellos sería un error porque él dirá que su padre los firmó... temo que esto no ha terminado, presiento que ese loco hará algo.

—¿Y qué haremos ahora? Debemos esperar el regreso de lord Hastings.

—Señorita, yo estuve en Londres ayer.

Agnes se mostró sorprendida.

—Fui a buscar una dispensa y también le dije a su abogado de nuestra boda. Él se mostró muy complacido con ella. Quise decírselo, pero llegué tarde y quería hablar hoy temprano con usted.

—Entonces todo era mentira lo que dijo Calen de la estafa?

—Por supuesto, el doctor Norton es un caballero honorable. Nunca tuve dudas de ello. Sin embargo, Calen Brighton no fue a prisión como esperábamos, todavía no y no quise esperar a saber qué pasaría. Por eso regresé cuanto antes. Señorita, soy muy amigo del vicario de la parroquia del pueblo puedo pedirle que nos case de inmediato. Tengo la dispensa especial en mis manos.

Ella sonrió. Sabía que era muy útil tener amigos vicarios.

—¿Cree que podríamos?

—Solo tiene que aceptar convertirse en mi esposa. Usted todavía guarda luto por su padre y lo correcto sería esperar unos meses hasta que se cumpla un año de su fallecimiento, pero luego de lo que pasó creo que no debemos correr riesgos. Quiero adelantar la boda y llevarla lejos de aquí, quiero que sea mi esposa y no se preocupe por nada, yo la ayudaré en todo.

—Usted es tan bueno, nunca antes un hombre había sido tan bueno ni me había hecho sentir tanta paz... cuando hablo con usted y estoy a su lado me siento en calma, siento esa paz que nunca sentí antes y me reconforta tanto.

Él sonrió y la besó y con ese beso sellaron la promesa de casarse en secreto, sin fiestas. Solo ambos en la capilla frente al vicario.

Pero al regresar pensó que debía empacar sus cosas y hacer una pequeña mudanza y luego se preguntó si su tutor lo aprobaría. ¿Acaso no necesitaba la aprobación de su boda para casarse?

Se había dejado llevar por ese momento sin pensar.

Temía que luego su tutor se opusiera.

Mientras almorzaban juntos ese día Agnes le preguntó a Stephen qué pensaría su primo de todo eso.

Él la miró con intensidad.

—Mi primo es un hombre bueno y comprensivo, sé que lo entenderá.

—Pero ¿y si luego se opone y se enfada con usted, Monsieur?

—No lo hará. Comprenderá que luego de lo que pasó aquí es mejor que esté a salvo conmigo, como mi esposa. Yo la cuidaré señorita, y no tema, él no se enfadará. Ahora su principal preocupación es encontrar a Norton porque todo esto lo ha dejado con dudas pues como su tutor tiene responsabilidad legal y sé que está preocupado por ello.

Ella sonrió, pero de pronto ese día mientras los sirvientes preparaban sus maletas tuvo miedo. Pensó que lo correcto era esperar el regreso de su tutor. Tuvo el presentimiento que se enfadaría y no quería que luego quedara enemistado con ellos, y con Stephen que era su primo.

Pero entonces pensó que él lo hacía para protegerla porque la amaba y que ese día cometió la tontería de salir sin avisar y se acercó al pantano muy triste, pensando tonterías. Eso debió asustarle. Realmente estaba preocupado por ella, y quería cuidarla porque la amaba. Podía sentirlo.

Sin embargo, viajar tan lejos le provocaba temor y ansiedad, no sabía qué pasaría cuando se mudara al distrito ni cuando la convertiría en su esposa. en qué capilla se casarían? Ni siquiera tenía un vestido de novia ni tampoco...

De pronto Meg fue a despedirla y ella no pudo evitar llorar cuando la vio con la casa de fondo. No sabía qué le pasaba diantres ni por qué le daba tristeza dejar esa casa helada e infernal.

—Señorita, aguarde. Quería despedirme—dijo Meg y al verla llorar se preocupó.

—OH señorita, ¿qué tiene?

—Es que no lo sé, me casaré con Stephen y es lo que más anhela mi corazón, pero es que no sé por qué estoy llorando. Nunca me gustó mucho esta casa helada y sin embargo creo que pasé unos días bonitos aquí no todo fue frío e incomodidad—declaró confusa.

Su doncella se puso seria.

—Señorita, su tutor no lo aprobará. Stephen no pidió permiso para desposarla, pero no podemos detenerle. Él es el primo de su señoría y goza de su confianza y estima, pero quiero que sepa que su tutor no está de acuerdo con esto.

Agnes se quedó tiesa.

—Pero ¿por qué? Entonces ...

Su doncella la abrazó y esperó a que Stephen se alejara para hablarle. El carruaje aguardaba no muy lejos de allí y sabía que nada impediría que se fuera.

—Él dijo que usted debe viajar a Londres para reclamar su herencia y acusar a Calen Brighton. No quiso llevarla porque Stephen se opuso, dijo que no era bueno que usted sufriera yendo a una corte a acusar al hombre que intentó raptarla. Y además porque temía que él hiciera valer ese contrato nupcial en su contra y la obligara a casarse con él. Pero luego sé que discutieron—le dijo su doncella.

—Está bien Meg, lo imaginé. Nunca quiso que fuera la esposa de su primo. Porque no soy una lady, soy la hija de un caballero del comercio.

—No es por eso señorita, solo que quiere aclarar lo que pasó y que el señor Brighton sea puesto en una celda como se merece.

—Pues yo no voy a esperar que eso suceda. Quiero tener un esposo, una familia, me he quedado sola en este mundo y seguramente también pierda mi herencia. Stephen me ama y me ha pedido que sea su esposa. Supongo que no pensarás que me ha mentido sobre eso.

—OH no, señorita, por supuesto. Él la adora, es verdad y será un excelente esposo de eso no tengo dudas, aunque temo que su tutor se enfade... yo no quiero entrometerme. En realidad, solo vine a despedirme y a desearle mucha suerte en su nueva vida en el distrito de los lagos. Es un lugar hermoso.

Stephen se acercó entonces y ella se despidió de Meg y dijo que podía tomar los vestidos que quisiera.

—Puedes obsequiarles los demás a quien tú quieras. Son muchos vestidos y no los necesitaré.

—Oh señorita, pero son vestidos muy caros.

—Entonces puedes venderlos o regalarlos. Haz lo que te plazca con ellos.

—Gracias, es muy buena y generosa, señorita, le deseo la mayor felicidad.

Agnes dejó atrás esa triste despedida y vio que los sirvientes también habían ido a saludarla y a despedirse y lloró sin saber por qué. Se sentía tan frágil en esos momentos, triste y temerosa pues no sabía qué le depararía el futuro junto a Stephen Chapman. ¿Sería tan buen esposo como ella esperaba? sería siempre tan bondadoso paciente y gentil?

Sabía que algunos hombres cambiaban durante el matrimonio, a veces con los años o al poco tiempo.

Pero cuando subió al carruaje él se sentó a su lado y la abrazó y le dijo al oído que todo estaría bien, que no tuviera miedo.

Ella lo miró y él la besó luego de secar sus lágrimas.

—Una nueva vida comienza para usted, señorita Rostchild, pero será distinto, no tendrá que obedecer a un tutor ni vivirá confinada como antes. Se lo prometo.

Sin embargo, Agnes no se sentía segura y se dijo que dejaba atrás una etapa extraña de su vida y no pudo dejar de mirar la mansión cómo desaparecía ante sus ojos ese día inesperadamente luminoso de invierno. Estaba muy abrigada pero igual temblaba y se preguntaba si sería buena idea abandonar esa casa y a su tutor que tanto la había cuidado.

Sabía que corría un gran riesgo y eso la asustaba.

Apartó esos pensamientos y sintió que le gustaba mucho estar con Stephen, le gustaban sus besos y la calma de estar cerca de él, abrazada. No tendría miedo si él estaba cerca pues sabía que nunca antes había sentido tanta paz.

****

Llegaron a la mansión del lago dos horas después, jamás pensó que tardarían tanto y entonces despertó y sintió sus huesos entumecidos por el frío. Aunque en sus brazos había tenido calor ahora de repente sentía frío pues debían abandonar el carruaje.

Cuando vio la casa se sintió encantada. Era preciosa e inmensa. De piedra y madera era un lugar encantador y precioso, moderno y confortable pues a pesar del frío entraron y había una inmensa estufa de leña encendida que parecía emitir calor a toda la casa por un sistema de cañería nuevo e innovador como le explicó Stephen.

Su nuevo hogar.

Cuando los criados le dieron la bienvenida notó que eran muy distintos a Kerragham, eran jóvenes y sonreían felices.

Stephen la presentó como su prometida y su futura esposa y ella se sonrojó encantada.

Los primeros días sintió que estaba de visita en realidad, nos y hacía a la idea de que ese era su nuevo hogar era un lugar hermoso con parques, lagos y jardines magníficos. Además, tenía una granja y muchos animales.

No pudo recorrer más que una parte por el frío, pero él le dijo que todo reverdecía en primavera y el paisaje era mucho más hermoso.

Pero cuando Stephen le dijo que ya había hablado con el reverendo para que les casara comprendió que todo cambiaría entonces.

—Será una ceremonia sencilla, íntima. Solo estarán los testigos y algunos amigos. En realidad, no he podido avisar a muchos pues no he tenido tiempo.

Se encontraban almorzando ese día cuando se le dijo y Agnes sonrió encantada al oír los preparativos.

—No haré una fiesta por respeto a vuestro padre, pero pensé en un brindis, algo pequeño para agasajar a mis amigos.

—Está bien, pero... vuestro primo no estará.

Su mirada cambió.

—Bueno, todavía está en Londres creo.

—Stephen... me pregunto si él lo aprobaría, si él querría esta boda o ...

Él la miró con fijeza.

—Mi primo quería que esperásemos y yo acepté su consejo porque era vuestro tutor, pero luego de lo que pasó... ese hombre fue a raptarte Agnes, y si lo hubiera hecho te habría perdido para siempre.

—¿Por eso fue por lo que tú pensaste que era mejor casarnos ahora?

Él asintió, pero sabía que había otra razón.

—¿Pero no debe vuestro primo autorizar nuestra boda?

—Eso no debe preocuparos, sé que se opondrá al comienzo, pero no podrá hacer anda al respecto cuando seáis mi esposa.

—¿Y por qué se opondría? Es porque sabe que soy ....

No se atrevió a decirlo en voz alta, temía que alguien lo escuchara y nadie de allí debía saber que era una bastarda.

—No, no... es que mi primo quería hablar con su abogado y luego con el doctor Norton. Pero yo lo liberaré de sus obligaciones como tutor. Ya no deberá preocuparse por ti, porque yo te cuidaré y protegeré siempre, ángel.

Agnes tragó saliva y bebió agua de su copa pues rara vez bebía vino con la comida.

—No quisiera causarle problemas familiares, sir Chapman. Sé cuánto le quiere su primo y lo unidos que han sido siempre y cuando me fui de Kerragham mi doncella dijo que mi tutor no aprobaría lo que estaba haciendo ni tampoco mi boda con usted.

Esas palabras fueron inesperadas, pero Agnes sintió que debía decirlo.

Stephen la miró sorprendido.

—Nadie impidió que la llevara ese día señorita, todos sabían que era mi prometida y no me importa si mi primo se enfada. Tal vez lo haga, pero con el tiempo lo aceptará. Conozco a Pearce... él siempre quiere hacer lo correcto.

—Y nuestra boda no lo es, supongo.

—Señorita, no diga eso.

—Es porque ya lo saben todos ¿verdad? Esa noche Calen gritó frente a todos que... usted sabe.

—Señorita, no piense más en eso, se lo ruego. No es lo que cree, se equivoca. Es otra cosa... mi primo temía que hubiera problemas legales si no llegaba a la verdad sobre el testamento. Pero yo le dije que no habría problemas. Usted es una joven libre y no tiene padres ni parientes masculinos cercanos.

—¿Y cómo pudo fijar fecha tan pronto? Siempre hay que esperar, lo sé por mis amigas, ellas se pudieron casar tres meses después.

—Pero ese reverendo es muy amigo mío y sabe su delicada situación señorita. Sabe que ha quedado huérfana y no tiene familia aquí. También que es la protegida de mi primo, pero no me ha dicho nada de que necesita usted la firma de su tutor o no nos habría anotado. Confía en mí, me conoce desde niño y también conoce a mis padres y a todas las familias de esta congregación, pero él quiere verla esta tarde pues es necesario que firme una petición y, además, debe manifestarle que está de acuerdo.

—¿Iremos esta tarde?

Él asintió.

—No temas, solo quiere conversar contigo sobre la boda y las promesas que deberás hacer.

—Pero yo soy católica, sir Chapman.

—Bueno, pero aquí la ceremonia aceptada es la de la iglesia anglicana.

—¿Acaso debo renunciar a mis oraciones para ser su esposa, a mi religión?

—Por supuesto que no, pero no puedo cambiar lo de la boda. Yo no soy papista señorita, no se ofenda, pero los católicos no me agradan y en realidad soy luterano. Me considero luterano, pero visito el templo a veces, como todos los vecinos.

Esa tarde fueron a la capilla y Agnes conoció al reverendo que iba a casarles. Era un hombre inesperadamente joven y agradable y al parecer por la conversación que tuvo con Stephen eran amigos de infancia.

Por eso logró que le casara sin averiguar demasiado, aunque algo dijo su prometido del acta de nacimiento suyo y de ella...

¿Cómo es que tenía un acta de nacimiento de ella? Solo vio una hacía años y no sabía si era la original o la que su padre había conseguido no sabía cómo.

Pero él tenía una copia y la entregó al reverendo ante su mirada atónita.

Luego el reverendo le habló de que luego de la boda sería parte de la congregación y esperaba que asistiera al oficio.

—Ahora deben firmar el acta prenupcial donde podré anotar sus nombres.

Le pareció extraño, pero Agnes hizo lo que esperaba de ella, a fin de cuentas, estaba ansiosa por convertirse en su esposa, era un hombre tan bondadoso.

Luego regresaron a la mansión abrazados en el carruaje pues, aunque el trayecto era corto no quería ir a caballo si podía evitarlo y, además, era mejor así pues iba abrazada a él y no sentía tanto frío.

Pero durante el viaje le preguntó cómo había conseguido su acta de nacimiento pues se imaginó que sería falsa como la otra.

Su pregunta le tomó por sorpresa.

—La pedí en mi último viaje en Londres señorita, usted fue anotada aquí como ciudadana británica, aunque advierten nació en Francia y es su hija legítima. Así que nada más debe mencionarse sobre eso ni preocuparla. Fue el doctor Norton quien me dio los datos para poder pedirla, además.

Eso le dio tato alivio.

—El doctor Norton sabe que nos casaremos y lo aprobó?

—Por supuesto, por qué no lo haría?

—Pero su primo...—Agnes se sonrojó.

—Mi primo tenía demasiados reparos, no lo veía bien porque era su pariente, pero supongo que deberá aceptar lo inevitable.

****

Sin embargo, al regresar a la mansión del distrito del lago, su nuevo hogar, notaron que había visitas inesperadas aguardando.

Agnes tembló al ver a su tutor con torvo semblante aguardando inquieto en la sala.

Pero la rabia no estaba dirigida a ella a quien saludó con suma gentileza, sino que parecía furioso con su primo.

—Stephen, necesito hablar contigo a solas por favor—dijo mirándole molesto.

Su prometido se puso tenso y también estaba inquieto con esa inesperada visita, aunque no tan sorprendido.

Agnes no pudo evitar seguirles a la distancia para oír qué pasaba y de pronto no tardó en comprender que su antiguo tutor estaba furioso.

—Cómo pudiste hacer esto, muchacho? Habéis raptado a mi protegida, os habéis llevado a la señorita Rostchild sin siquiera avisarme—se quejó Lord Hastings.

Nunca lo había visto tan enfadado y ambos estaban distanciados. Tuvo la sensación de que Stephen evitaba deliberadamente mencionarle esos días y ahora sabía por qué. Su primo no aprobaba su boda.

—¿Y qué querías que hiciera, Pearce? Tú siempre ponías excusas. Siempre quisiste separarme de Agnes.

—Oh basta, deja de decir tonterías, sabías bien por qué tenía reparos. Ella era mi protegida. Y tú estabas decidido a conquistarla a mis espaldas sin importarte nada lo que pensara al respecto. Como un zorro.

—No, no soy un zorro, Pearce. Soy un hombre enamorado.

—Un tonto enamorado en realidad y muy impulsivo y también un loco. ¿Es que no has pensado en nada? Fue un rapto y podría acusarte, tú lo sabes. La señorita todavía no tiene edad para casarte y tú... tú has pasado sobre mí y le has pedido al doctor Norton que autorizara vuestra boda.

—Porque sabía que no podría tener nada de ti que hasta último momento te opondrías. Pero has llegado tarde, primo. nada impedirá que convierta en mi esposa a la mujer que amo.

Agnes se emocionó al oír esas palabras, Stephen la amaba tanto, pero a su vez sentía desconcierto por la actitud del tutor. Era tan fanático de lo que era correcto y al parecer le molestaba que su primo se la hubiera llevado sin avisar y lo llamaba rapto. Más bien Stephen la había rescatado de esa horrible casa de Cumbria.

—Es lo que me sorprende—dijo lord Hastings mirando a su primo con rabia mientras se alejaba y miraba unos libros de los estantes para darle la espalda—que no has pensado en lo que pasará ahora. ¿Es que no comprendes que quizás vuestra boda sea anulada?

—Eso no pasará.

—OH vamos Stephen, ¿crees que tienes una varita mágica y puedes hacer lo que quieres a tu antojo? Calen Brighton fue liberado. Acabo de regresar de Londres. Y por tu culpa ahora ese bandido no enfrentará cargos porque no pude llevar a la señorita Rostchild para acusarle porque tú... tú me lo pediste encarecidamente.

—Ella no podía enfrentar un juicio de esa envergadura, estaba muy asustada y herida. Agnes es frágil, rayos, tú siempre has sido duro con ella, pero no iba a permitir que la involucras en un juicio inútil, además. Un juicio que jamás podríamos ganar porque se trataba del hijo del gran duque de Wessex dueño de todo un condado casi. Y yo te lo dije Pearce, solo lograríamos apartarlo de Cumbria y de la señorita, pero hombres como ese señorito nunca son juzgados ni enviados a prisión a menos que cometan delitos gravísimos y nadie vería un intento de rapto como un delito a tener en cuenta. Soy abogado y lo sé, he visto cómo esos pervertidos nobles cometen desmanes en los clubes y jamás van a prisión. Y cuando tú dijiste de llevarte a mi prometida a Londres yo me opuse y os expliqué por qué.

—Bueno, ahora ese bastardo fue liberado y vaya uno a saber qué hará. Pero hay cosas que tú no sabes ... El señor Brighton pudo firmar ese contrato nupcial obligado por los chantajes de Brighton y por eso me nombró su tutor, porque luego se arrepintió y quiso poner a salvo a su hija. Por eso nadie debía saber que estaba aquí.

Esa revelación sorprendió a Agnes.

—Entonces ese contrato era legal?

—Lo fue hasta que el señor Rostchild cambió de parecer yd decidió arriesgarse y hacer un nuevo testamento. El doctor Norton dijo que no debemos preocuparnos pues él legalizó a tiempo el testamento y lo hizo enseguida de la muerte del señor Rostchild, solo le quedaba la ardua tarea de convencerme de ser tutor de la señorita ... cuando yo acepté todo lo demás quedó sin efecto. Mantuvo lo del contrato nupcial en secreto, debió advertirme, pero el doctor Norton pensó que si lo hacía yo no aceptaría ser su tutor y tenía razón, de haber sabido que la señorita ya estaba comprometida, no habría aceptado... fue una jugada maestra. Y tuvo la astucia de advertirme sobre un posible rapto de la heredera y él sabía bien quién vendría a buscarlo, por eso nadie podría saber dónde estaba. Necesitaba ganar tiempo para legalizar su testamento por completo. Entonces Brighton supo que había perdido y que había sido traicionado por Rostchild y por eso vino a Cumbria. Tardó meses en descubrir dónde estaba su prometida y ahora sabe que ha perdido. Pero no creas que se quedará quieto Stephen. Ese hombre puede intentar anular tu boda con la señorita.

—Pues no lo hará, jamás lo permitiré. En cuanto la convierta en mi esposa habrá pedido todo para siempre.

—No lo sé... es un hombre orgulloso y me han dicho que él estaba muy enamorado de Agnes en el pasado y que quería que fuera su esposa. que se volvió loco en cuanto la conoció en una fiesta, como te pasó a ti supongo...

—Pero yo seré su marido, no él. Y no me importa si trama una venganza. Ya no puede hacer valer el contrato matrimonial, perdió su oportunidad.

—Pues debiste avisarme, debiste decirme.

—Ya es tarde para lamentaciones, Pearce. Lo siento. Pero no pude hacer las cosas de otra forma, debía poner a salvo a Agnes, debo hacerlo. La amo. La amé desde el primer día que la vi, pero tú creías que solo estaba cuidándola para ayudarte.

—Tú me hiciste creer eso.

—Porque sabía que no lo aprobarías, siempre has sido tan serio Pearce, deberías buscarte una esposa. El amor es todo en esta vida, primo. Siento haber actuado así, pero tú me conoces, si lo hice fue porque no tenía alternativa y porque quería proteger a Agnes. No podía esperar tu aprobación, ni tu firma, sabía que no la tendría porque estarías enfadado.

—Lo sé... maldita sea, sé que solo querías protegerla, pero te has echado un temible enemigo encima. Esto no terminará, primo.

—¿Y qué habrías hecho tú en mi lugar?

Lord Hastings calló.

—¿Cuándo te casarás, primo?

—En tres días.

—Bueno, pues de ahora en más serás el hombre más feliz del mundo porque tendrás a la mujer que amas, pero no sé si podrás dormir tan tranquilo.

—Pearce, si ese demonio se acerca a mi esposa juro que lo mataré y arrojaré su cuerpo en el pantano de Kerragham.

—OH cállate, tú no serías capaz ni de matar a una mosca.

Agnes se alejó y sonrió al comprender que luego de esa pelea los primos habían vuelto a ser amigos y ajustaron algunos detalles de la boda.

Cuando se marchó poco después Stephen sonrió y se acercó para envolverla entre sus brazos y besarla.

—Stephen vuestro primo...

—Todo está bien ahora, se enfureció conmigo, pero ya se le pasó. Quiere ir a avisar a sus amigos por si ese bastardo regresa, aunque no creo que lo haga. Mi primo está preocupado, pero quiere ser el padrino de nuestra boda.

—Vaya, qué buena noticia, lo vi entrar tan enfadado...

Ella no había oído toda la conversación, se había alejado a tiempo para que no vieran que estaba allí.

****

Se casaron tres días después en una ceremonia discreta a media mañana. Hacía tanto frío, pero había sol, tanto sol, aunque como era invierno no daba mucho calor.

Ella usó un vestido blanco que usó en la fiesta como debutante y todavía le servía. Se había puesto de moda las novias de blanco y pensó que, aunque fuera una boda sencilla ella debía lucir como una novia elegante y guapa.

Las criadas le confeccionaron un improvisado tocado con flores de tela y una tiara que había sido de su madre, pero le faltaba el tul para cubrirla y una doncella logró comprarle unos cuantos metros en una tienda del pueblo.

Todo salió como esperaba y ese día pudo convertirse en una novia bonita y elegante de blanco y con el tul.

También había usado unos trucos de belleza para realzar sus pestañas y sus labios con un poco de carmín, no demasiado para que no se notara, pues no estaba bien visto una dama pintada. Solo las actrices de teatro o damas casadas podían pintarse, pero las señoritas no...

Aunque pronto dejaría de ser señorita.

Sintió una emoción intensa ese día cuando entró en la pequeña iglesia del brazo de su tutor y vio a Stephen mirándola, tan guapo en su traje oscuro y la camisa blanca y el pañuelo gris en su cuello a modo de cravat. Sus ojos la miraron embelesado, sus ojos tan oscuros y apasionados.

Sin embargo, le ganó la emoción cuando se acercó y él tomó su mano y ella su brazo para ir juntos al altar y recibir la bendición.

El reverendo les sonrió y comenzó el sermón y ambos estuvieron atentos, pero Stephen no dejaba de mirarla embelesado.

Entonces le hizo un gesto al reverendo y él apresuró el sermón y notó que su prometido estaba algo tenso. Quizás eran los nervios de la boda, pero entonces llegaron los anillos y ambos dijeron sus juramentos y Stephen le colocó el anillo de oro y brillantes para desposarla.

—Con este anillo os desposo Agnes Rostchild de Fontaine—le dijo muy serio y luego tomados de la mano el reverendo los declaró marido y mujer y él la abrazó y le dio un beso suave mientras la envolvía entre sus brazos.

Agnes se emocionó y luego saludaron al cura y firmaron el acta.

Ya era su esposa y él sonreía feliz y la tensión que creyó notar al comienzo había desaparecido. La abrazó muy fuerte y besó sus labios y la llevó lejos de la iglesia como si tuviera prisa por llevarla al que sería ahora su nuevo hogar.

Llegaron a la mansión poco después, había mucha alegría y deliciosos bocados para esa pequeña reunión y allí aguardaban inquietos los familiares y amigos de su esposo. Echó de menos encontrar a sus amigas, primas y tías, pero sabía que no había sido posible. Sus amigas la habían olvidado y ahora empezaría una nueva vida como la esposa de Sir Chapman. Esperaba que en ese condado hubiera jóvenes casadas de su edad y hacer nuevas amistades en el futuro.

Apartó esos pensamientos mientras bebía vino y se quitaba la toca con la ayuda de sus criadas.

Fue una alegría poder contar con la presencia de su tutor, el doctor Ackerman y ese capitán que había contado historias tan divertidas en Cumbria.

Para ella era importante tener la aprobación de Lord Hastings y ese día cuando estuvieron un momento a solas le agradeció por haberla cuidado.

Él la miró sorprendido como si no esperase que dijera eso.

Pero luego de saber todo lo que sabía entendía mucho más lo que había pasado, su padre había querido ponerla a salvo de ese rufián chantajista de Calen y aunque sabía que podía aparecer en el futuro apartó esos pensamientos.

—Quiero agradecerle por haber aceptado ser mi tutor y también por cuidarme, lord Hastings. Sé que no fui una pupila fácil de manejar, que no me comporté como debía. Siempre me quejaba por todo—reconoció Agnes.

Reconocía por primera vez que sí había actuado como una consentida al principio.

Su tutor sonrió y la miró con intensidad.

—No tiene nada que agradecer. No fue sencillo para mí y, además, casi me obligaron a cuidar de usted—le confesó con inesperada sinceridad.

Ella tragó saliva inquieta.

—En realidad fue mi primo quién más la cuidó, señorita y me alegra saber que ahora tendrá por esposa a la mujer que ama. Porque está loco por usted y yo estuve ciego al no darme cuenta... pero también he ignorado otras cosas y no tenga miedo. Yo seguiré cuidando de ambos a la distancia. No permitiré que ese chiflado le haga daño—dijo.

Agnes le agradeció y entonces vio que su esposo la miraba con intensidad a la distancia y ella fue hacia él.

No imaginó que se pondría celoso al verla hablar con su primo y cuando estuvieron a solas le preguntó de qué habían hablado.

Agnes se puso colorada porque había sido una conversación extraña.

Ella quiso tener el gesto de agradecerle a su tutor, pero él... dijo que lo hizo por obligación porque el doctor Norton lo había obligado y luego... dijo que seguirá cuidándola de Brighton.

Cuando su esposo supo de esa charla sonrió.

—Pearce es así, tiene un humor ácido. Pero dijo la verdad. Vuestros albaceas lo obligaron a ser vuestro tutor, pero me alegro mucho de que lo hiciera, aunque yo... le aconsejé lo contrario. Mi primo tenía una vieja deuda con vuestro padre.

—Tú le dijiste que no aceptara?

Su esposo se disculpó, pero luego la abrazó y la llevó a un rincón para besarla a escondidas sin que nadie pudiera verlos.

—Lo siento, es que no sabía que me enamoraría de ti... fue el destino supongo—le dijo.

—Supongo que tienes razón, fue el destino y me alegra que vuestro primo aceptara o nunca os habría conocido.

Él la besó y le dijo al oído que deseaba que todos se fueran ahora para poder besarla, pero sabía que no era posible. La fiesta duraría un poco más.

Al anochecer todos se habían marchado y se reunieron en su habitación nupcial para descansar y cenar en sus aposentos a solas.

—Te ves tan hermosa Agnes...estaba deseando que todos se marcharan para estar a solas contigo—le dijo su esposo.

Ella sonrió.

—Pensaba lo mismo. Nuestra boda fue especial pero ya estaba deseando que todos se fueran para estar a solas contigo.

Ella bebió una segunda copa de vino porque estaba algo asustada. Quería hacerlo, quería dar ese paso, pero en realidad siempre había tenido miedo a la intimidad.

Y cuando más tarde se retiraron a descansar él la ayudó a desvestirse sin prisa mientras la abrazaba por detrás y buscaba su boca para besarla.

—Ángel, no tiene que pasar esta noche, puedo esperar... sé que tal vez no estéis preparada.

Ella lo miró.

—Quiero ser vuestra esposa no solo en un papel firmado, Stephen... quiero ser tuya, por favor.

Su voz suplicante fue demasiado para él, no quería que se fuera y la dejara allí sola quería que siguiera abrazándola y besándola toda la noche y siempre.

Y luego de quitarle el vestido corrió los cortinados de la cama y dejó solo una pequeña vela encendida en la habitación porque imaginó que le daría vergüenza desnudarse ante él.

Fue muy despacio, sin prisas. Se quedaron un buen rato abrazados besándose hasta que él le quitó el vestido y la dejó desnuda.

Ella ni siquiera se dio cuenta de que estaba desnuda porque estaba entre sus brazos y temblaba al sentir sus besos y caricias. No quería que se detuviera ni que dejara de besarla. Le encantaban sus besos.

—Eres tan hermosa ángel, tan dulce.

Ella no imaginó que se sentiría así se sentía como en una nube en esos momentos y respondió a sus besos y rodaron en la cama hasta que sintió que algo se introducía en su interior provocando una feroz invasión mientras la rozaba. Sus besos ahogaron sus quejidos, pero él se detuvo al comprender que no podía avanzar más todavía.

—No temas, no voy a lastimarte, si quieres me detendré ahora...

Ella lo miró confundida sin entender hasta que vio su miembro ancho y rojo que había luchado por introducirse, pero como eso le causaba mucho dolor no lo había hecho.

Nunca había visto a un hombre desnudo y se preguntó si era normal sentir dolor y también que fuera así.

Él volvió a abrazarla y a besarla y desesperado no pudo contenerse y volvió a intentarlo porque ella le pidió que siguiera.

Era muy estrecha y estaba asustada y aturdida pero luego todo fue mejor y al entender cómo era fue suya varias veces esa noche. Entonces descubrió que le gustaba y algo más.

Sue esposo le dijo que sangraría unos días porque eso ocurría en la noche de boda si la esposa era virgen.

Nadie le había hablado de ello y en un momento quiso escapar. Estaba bastante asustada pero ya estaba dentro de ella, muy dentro y a punto de derramar su semilla.

Pero fue mejor las veces siguientes y ahora estaba desnuda entre sus brazos, apretada a él, tan abrazados y tan cerca como nunca lo habían estado.

—Te amo, hermosa, mi ángel...—le dijo y Agnes sabía que era sincero y le sorprendió que siendo inglés fuera tan apasionado, pero lo era.

—Nadie os habló de esto, ¿verdad?

Ella se puso colorada.

—No... solo había oído algunas cosas de charlas de mis amigas, pero no sabía que...

No sabía que los hombres tuvieran un miembro tan inmenso ni que quedaban tan apretados dentro del vientre de una mujer, ciertamente que no había creído que ese miembro pudiera entrar todo ni mucho menos derramar su semilla.

—Debieron decirte, ¿vuestro padre quería casaros y no les pidió a vuestras tías que os dijeran?

—Mis tías eran dos solteronas y de otra época, os aseguro que no hablaban de esas cosas, habrían muerto de vergüenza. Eran dos solteronas.

—Deberían educar mejor a las jovencitas casaderas. Advertirles. Luego en su noche de bodas mueren del susto.

—Bueno eso no me pasó, aunque sí tuve miedo... nunca había visto a un hombre desnudo.

Él sonrió.

—Lo lamento, debí decirte pensé que tú estabas preparada por eso quisiste ser mía esta noche. Habría esperado—le dijo él algo mortificado sin dejar de mirarla.

Estaba loco por ella, la deseaba y la amaba lo sabía.

—No os disculpéis, era nuestra noche de bodas, habría sido más triste que nada hubiera pasado.

—Pero yo habría esperado.

—Estoy bien. No te sientas mal por esto, yo soy feliz al sentir que ahora sí soy una esposa de verdad. Tú me salvaste ese día, Stephen, salvaste mi vida y vuestro primo no lo sabe, que si estoy viva es por ti porque ese día estaba muy triste y pensaba cosas que eran malas... no sé por qué. No iba a saltar, pero sentía que no tenía una salida. Es tan injusto, supongo que tú nunca se lo dirás y él os acusó de haberme raptado.

—Tranquila preciosa, todo eso pasó y no tenéis nada que agradecer, estaba allí cuidando de ti y me alegra haber estado—le dijo mientras secaba sus lágrimas y la besaba y abrazaba con fuerza para darle su calor y su amor.

—Calma, ya no pienses en eso, fue un mal momento. Has sufrido demasiado y supongo que pocos lo saben, pero yo sí lo sé... pero ahora todo será diferente, yo te cuidaré y te amaré siempre preciosa y nada debes temer.

—¿Entonces crees que Calen no vendrá aquí?

—Ese chiflado ya no puede hacer nada, eres mi esposa y ahora estaréis a salvo, preciosa, te amo...

Sus palabras le provocaron una emoción intensa y volvió a llorar pues sintió que era la primera vez que un hombre la quería tanto y jamás imaginó que un hombre tan apasionado y de sentimientos profundos fuera ese guapo inglés un auténtico land lord. Alguien que la quería porque era guapa y porque se había enamorado nada más verla llegar a esa tertulia sin importarle nada de su herencia, no quería ni saber nada del asunto y ella se sentía tan feliz en sus brazos. Sabía que con el tiempo ella también le amaría, quizás ya le amara ahora pues solo a su lado se sentía en paz y le había confiado cosas que nadie más sabía. Él sabía su vida verdadera, sus anhelos sus pesares y cosas que ni siquiera a una amiga le había contado.

Y de pronto sintió sus besos apasionados y su mirada ardiente y enamorada y respondió a ellos y le abrazó con fuerza al sentir que estaba haciéndole el amor muy lentamente pues se moría por hacerlo de nuevo, podía sentir su corazón latir acelerado y ella sonrió y se abrió como una flor en sus brazos para que la hiciera suya una vez esa noche.

****

Era tan feliz su vida había cambiado por completo y de pronto comprendió por qué no se había casado antes causando tanta desesperación en sus tías y en su padre: porque todavía no había conocido a Stephen Chapman. Pues sintió que estaba destinada a ser su esposa y también a amarle.

Ese día se vio en el espejo y se emocionó mientras él la besaba y la arrastraba a la cama esa noche para hacerle el amor de nuevo.

Era tan feliz, acababa de enterarse que estaba esperando un bebé, tres meses luego de su ardiente noche de bodas, tal como quería y eso era maravilloso.

Hacer el amor con su esposo y saber que ahora tendrían un bebé.

—Preciosa, quizás debamos esperar—le dijo él algo temeroso.

Pero ella no quería esperar, quería celebrar que era la mujer más feliz del mundo.

—Te amo Stephen, por favor, hazme tuya esta noche. Soy tan feliz de tener un bebé aquí...

Jamás imaginó que comenzaría a notarse tan pronto pero ya había engordado un poco y ya no tenía ese vientre plano, una leve protuberancia asomaba lentamente.

Él también lo notó y se acercó para llenarla de besos y caricias volviéndola loca de placer de repente. Con el tiempo había descubierto que su esposo no solo era ardiente y apasionado sino el mejor amante que podía haber tenido.

—Preciosa, dilo de nuevo por favor. —le dijo entonces.

Ella sonrió agitada y feliz.

—Que lo amo sir Chapman—repitió y él la abrazó y le dio un beso ardiente mientras la hacía suya con suavidad pues al parecer le daba un poco de miedo por el bebé.

—Preciosa, me has hecho tan feliz...

****

Su vida cambió por completo entonces. Pero era tan feliz. No tuvo ni un malestar y se sintió dichosa de que el doctor le dijera que el bebé crecía fuerte y ya podía oír sus latidos.

Agnes había abandonado por completo sus caminatas y paseos cuando sospechó que estaba encinta. Temía perder a su bebé y no le importó quedarse tumbada en la poltrona del jardín disfrutando del sol junto a su esposo en las mañanas y conformarse con bordar o leer algún libro.

Pero ese día le reservaba varias sorpresas y fue recibir la visita inesperada de lord Hastings, su antiguo tutor, pero no había ido solo, sino que el doctor Norton y otro caballero le habían acompañado.

Algo pasaba y su esposo la abrazó fuerte y le dijo que la acompañaría a sus aposentos. Quería protegerla de algo, aunque todo había estado bien esos meses sabía que él permanecía alerta cuidándola, pero él no esperaba eso, su sorpresa era auténtica.

—Aguarda primo, por favor. Hemos venido porque necesitamos la firma de vuestra esposa y también la vuestra—dijo lord Hastings y se acercó con prisa.

Stephen lo miró molesto y entonces su tutor vio que estaba encinta de varios meses y se quedó tieso. Hacía tiempo que no los visitaba, no sabía por qué, pero tuvo la sensación de que su esposo se había distanciado un poco de su primo, aunque no estaban peleados, ya no era como antes.

—Buenos días lady Agnes—la saludó el doctor Norton y la felicitó por su boda y por el bebé que venía en camino.

Ella lo miró nerviosa.

—Mi esposa está esperando un bebé, Pearce y tú llegas de repente con esos abogados sin siquiera avisarme. ¿Cómo puedes ser tan desconsiderado? Maldita sea, su estado es delicado.

Lord Hastings se puso pálido y felicitó a ambos por el bebé algo incómodo.

—Lo siento, pero esto debe hacerse. No has respondido los mensajes del doctor Norton ni tampoco los míos. ¿Qué rayos pasa contigo Stephen?

—Gracias, lord Hastings. —dijo Agnes —y luego miró a su esposo que parecía decidido a llevarla lejos, pero ella le dijo que estaba bien.

Su esposo la miró entonces preocupado.

—Preciosa, no debes estar nerviosa, he querido evitar esto porque tú debes estar tranquila y nada debe preocuparte. Tienes a nuestro hijo en tu vientre—le dijo.

Entonces fue el turno del doctor Norton.

—Lo siento mucho, Stephen, siento venir así, pero es necesario que vuestra esposa firme esos documentos en los que acepta la herencia y tú también debes firmar como su marido. Ahora todo se ha resuelto, ahora es usted legalmente heredera de su padre y todos los bienes pasarán a su nombre, lady Agnes, pero debe firmar unos documentos—dijo entonces.

—Pero yo no quiero firmar, no quiero que mi esposa sea de nuevo la heredera de un millonario. Ella renunció a todo para ser mi esposa. ¿Es que no te lo dije claramente ese día?

Agnes miró a uno y a otro consternada. No sabía nada de todo eso, jamás hablaban de la herencia porque sabía que su esposo se ponía incómodo. Él no había querido aceptar ninguna dote antes ni luego de la boda y por eso el doctor Norton no insistió, pero ahora era diferente.

No sabía nada de esa conversación ni de que su marido quería que ella renunciara a todo. En realidad, solo fue una posibilidad. Ella no había sabido qué pasaría con la herencia de su padre, si Calen la declaraba bastarda y le avisaba a la esposa primera de su padre entonces …

—Pues al parecer mi antigua protegida no supo nada de aquella conversación. ¿Usted está de acuerdo con esto, lady Agnes? ¿Quiere realmente renunciar a todo y que haya un litigio formal para saber a quién pertenece la herencia Rostchild?

Agnes miró a uno y a otro aturdida y se sentó en una poltrona con la ayuda de su esposo.

—Lady Agnes es mi esposa y yo debo hablar con ella, no tú Pearce. Sabes los problemas que traerá a mi familia por esa herencia millonaria. Nunca habrá paz y yo no quiero que acepte nada, yo no firmaré nada.

—Pero eres abogado y su marido Stephen. Vaya. Actúas como un cobarde—le acusó lord Hastings.

Stephen lo enfrentó furioso.

—¿Un cobarde?

—Sí, lo eres. ¿O es que temes que vuestra esposa te abandone por ser millonaria? ¿En qué piensas exactamente? Esta herencia le pertenece y es ella quién debe decidir si renunciará o no, no tú. Tú no puedes decidir por ella, esta vez no—le gritó su primo furioso.

Ahora entendía por qué se habían distanciado. Era el asunto de la herencia que seguramente habían hablado en privado y del cual ella nada sabía.

—Eres un maldito, Pearce. Solo quiero proteger a mi esposa y a mi familia de los negocios que hizo Rostchild hace tiempo y que yo deberé manejar porque Agnes no tiene idea de nada de eso. Es demasiado dinero y yo no quiero vivir en Londres ni exponerla. Ser millonario es una molestia.

—¿Y no crees que sería mejor que hablarais con vuestra esposa y le explicarais? Como heredera ella puede tomar decisiones, cambiar su destino, y anular lo que ella crea injusto. También podría donar una parte de su herencia a la caridad. Vuestra esposa podría hacer la diferencia, es una dama bondadosa y compasiva, pero si la herencia pasa a manos de los parientes lejanos de su padre entonces, ella no tendrá oportunidad de recuperar lo que es suyo. Debió tenerlo luego de vuestra boda, pero tú no quisiste y solo has estado dilatando el asunto, pero hay plazos amigos, el testamento la nombró heredera de Edmund Rostchild.

Agnes pensó que su tutor tenía razón, ella podría actuar diferente, hacer la diferencia. Era mucho dinero y no tenía que quedarse con todo, podía ayudar a sus parientes en Francia, y hacer donaciones a la caridad por supuesto.

—Lord Hastings, yo quiero donar a caridad y ayudar a mi familia en Francia con ese dinero, pero ahora tengo una familia en quién pensar, también quiero guardar algo para mi esposo y mi bebé si algo me pasara en el parto.

Stephen la miró con tristeza.

—¿Maldita sea Pearce, es que no podías esperar? —se quejó Stephen y llevó a su esposa adentro. La idea de perderla en el parto lo enloquecía y aunque no decía nada, todavía pensaba en la pobre esposa de primo fallecida al dar a luz luego de traer al mundo un niño enfermo. Era tan feliz y desdichado a la vez. No se sentía tranquilo, aunque su esposa se veía radiante y el doctor le aseguraba que su embarazo estaba perfectamente... estaba nervioso diantre y esos abogados llegaban de repente para crisparle los nervios.

Ella debía estar tranquila y no preocuparse por una herencia millonaria y cuantiosa tan compleja como lo era el legado del millonario Rostchild.

Pero ahora su primo había despertado su interés y Agnes dijo que quería aceptar la herencia de su padre. Y cuando entró en la sala de estar con vista a los jardines se sentó en un sillón y su esposo pidió un refrigerio a los criados.

—Vuestro primo tiene razón—dijo entonces ella. —Yo podría hacer algo bueno con la herencia de mi padre. Sabes que no me interesa la riqueza ni ser de nuevo la heredera de un millonario. No como antes... pero quiero hacer donaciones y sé que tú podrías ayudarme.

Agnes notó que su esposo estaba nervioso y molesto con ese asunto.

—Pero eso sería mucho para ti ahora, ángel. Debes estar tranquila, el doctor dijo que el bebé será grande y tú no puedes... manejar esa herencia, estudiarla llevará tiempo.

—Yo no quiero renunciar a ella, si ahora es mía... quiero firmar y aceptar ese legado. Por favor. Piensa en nuestro hijo. No renunciaré a todo si puedo ayudar a las personas que amo y a los necesitados. El dinero puede ser empleado en varias causas benéficas.

—Eso llevará tiempo, pero yo no quiero administrar esa herencia millonaria.

—Yo no puedo hacerlo, Stephen, no sabría cómo, además. Tú puedes o pídele a Pearce, él quiere ayudarte y tú le rechazas, le acusas injustamente solo porque estás tenso porque se acerca mi alumbramiento.

Él la miró y puso cara de celoso. Estaba molesto con todo eso, pero tal vez comprendió que debía hacer algo y no dejar que su primo lo hiciera porque en definitiva él era su marido y no lord Hastings.

—Está bien, yo lo haré, pero el problema es que deberás viajar a Londres y ahora no es el momento y tampoco lo será cuando nuestro hijo nazca en tres meses, ángel. Querrás estar a su lado y cuidarle.

—Entonces pídele a Pearce que haga eso por nosotros, que viaje a Londres. Debes aceptar su ayuda Stephen. ¿Acaso no confías en él?

—Sí confío, es un hombre de honor y sé que podría administrar bien la herencia, pero... solo que este asunto de la herencia me enferma, ángel, no es buen momento para resolverlo.

Entonces entraron los abogados, el doctor Norton se presentó con su socio el doctor Andrews, ambos albaceas de su padre y pidieron permiso para hablar con lady Agnes sobre la herencia.

Stephen no tuvo más remedio que aceptar que hablaran con su esposa, pero les advirtió que lo harían en su presencia.

—Solo tengan en cuenta que mi esposa está delicada ahora, está encinta y nada debe inquietarla, ¿comprende? —les dijo luego.

El doctor Norton dijo que entendía perfectamente.

—Solo debe leer estos documentos sir Chapman y explicarle usted a su esposa que debe aceptar la herencia ahora y que más adelante, cuando le sea posible deberá viajar a Londres para verificar el estado de la herencia. Aquí le dejo una copia del inventario de los bienes, pero los mismos deben ser corroborados.

Stephen tomó el documento que constaba de varias páginas y leyó muy lentamente cada hoja.

Agnes se sintió agradecida pues sabía que ella no habría entendido nada. Además, era una suerte para ella que su esposo fuera abogado pues entendía de esas cuestiones mucho más que un caballero común.

Luego hizo unas preguntas que ella no entendió demasiado.

—Quiero que todo sea de mi esposa, no quiero disponer de sus bienes. No quiero un céntimo de esta herencia—dijo de pronto muy serio.

Los abogados se miraron sorprendidos.

—Entiendo sir Chapman, por supuesto. Es usted un caballero honorable y antes renunció a la dote que le correspondía luego de su boda con la señorita Rostchild, pero creo que como abogado entiende más que las personas comunes sobre esto.

—Sí, por supuesto. ¿Pero qué quiere decir con eso doctor Norton?

—Quiero decir que si usted renuncia a todo deberá nombrar un administrador de la fortuna de su esposa. y los administradores no siempre actúan de forma leal y desinteresada, no como lo haría un esposo que ama a su esposa de forma incondicional y que además la defendería de todo mal.

Era una trampa y lo sabía, si él no aceptaba otro sería nombrado su administrador y los administradores a veces eran rufianes que con ayuda de abogados y un poco de astucia estafaban a sus clientes millonarios.

Él por su parte no quería nada de esa herencia millonaria, y no le afectaba que un administrador sin escrúpulos se quedara con todo.

Pero a su esposa sí le importaba.

—Stephen, por favor, no dejes que eso pase. Ahora tengo una familia en quién pensar, quiero tener muchos hijos y no quiero que pierdan esa herencia por vuestro orgullo. Por favor, tenéis que aceptar ser mi administrador, os lo ruego, el doctor Norton dice la verdad, sólo tú defenderías mis intereses y harías el bien, me ayudarías a donar a la caridad y también a conservar una parte para nuestra familia. Los tiempos pueden cambiar, yo fui pobre gran parte de mi vida y sé lo duro que es y no quiero que mi hijo sufra eso alguna vez.

Agnes estaba al borde de las lágrimas y su esposo la abrazó y volvió a rabiar por todo eso.

El doctor Norton y su socio se miraron consternados, pero sabían que todo eso era necesario. La herencia debía ser aceptada ahora que la señorita Rostchild se había casado para evitar que ese legado fuera puesto en litigio. Solo se necesitaba la firma de la dama.

Finalmente pudieron lograr que lady Agnes firmara, pero no lograron convencer a sir Chapman.

—Solo firmaré cuando cambien estas frases de aquí, soy abogado y no me agrada lo que dice aquí. Solo aceptaré ser el administrador de la herencia de mi esposa para ayudarla en el control de su herencia y la elección de las obras de caridad. Pero que todos los bienes seguirán a nombre de mi esposa.

Los abogados dijeron que corregirían eso.

Entonces Agnes dijo que quería hablar en privado con el doctor Norton.

Su esposo la miró sorprendido y algo espantado, pero no dijo nada y se retiró junto al doctor Andrews.

—Lady Agnes, la felicito por su boda—dijo el abogado—Se la ve radiante y feliz y me alegro. A su padre le había hecho muy feliz.

Ella se emocionó cuando dijo eso.

—Es verdad, pero me alegro de que fuera así, al final él me trajo aquí ¿no es así? O fue que el señor tenía preparado para mí al mejor de los esposos y no permitió que me casara antes ni yo quise hacerlo en realidad.

—Pues mis felicitaciones de nuevo, lady Agnes.

—Gracias... pero quería saber. Supongo que ese joven, Calen Brighton... ¿No trató de anular el testamento como amenazó?

El abogado lo negó de forma enfática.

—Algo me contó lord Hastings sobre ese intento de rapto, pero yo le advertí que como usted no sufrió daño ni logró raptarla pasarían el asunto por alto. Sin embargo, al parecer su padre no le apoyó como esperaba, aunque él sí quería anular ese testamento, dicen que al final decidió obligarlo a casarse con una rica heredera de Brighton: lady Evelyn Rousthon, la hija de un conde.

—OH vaya... qué bien. Me alegra saberlo. Cuánto alivio... se ha casado y ahora estará atado a ella de por vida.

—Pues ciertamente que ese intento de rapto debió ser castigado con prisión, pero ningún hijo de duque va a prisión por algo tan nimio, solo si hubiera sido un bandido de West End o un granuja de Londres, pero no el hijo de un caballero. Ahora deberá cumplir sus obligaciones y usted está a salvo lady Agnes, puede estar tranquila.

Agnes se emocionó al pensar en su padre. Lo había tenido tan poco tiempo y ella se había enfadado tanto cuando la llevaron a Cumbria y sin embargo ahora era tan feliz.

—Lady Agnes, su esposo cuidará de usted ahora y es un buen hombre. Le deseo la mayor felicidad señora.

—Gracias doctor Norton, es muy gentil.

Los abogados se marcharon poco después y también lord Hastings con ellos.

Su esposo entró luego y se veía algo culpable.

—Lo siento, no quería que os preocuparais por la herencia, fue por eso.

—Está bien, lo entiendo, pero ¿por qué sigues enfadado con vuestro primo? ¿Es que no podéis hacer las paces de una vez? Erais tan unidos.

—Lo éramos, hasta que intentó anular nuestra boda, hasta que quiso apartarte de mí.

—Pero no lo hizo.

—Porque yo impedí que lo hiciera.

—No comprendo.

—Pearce temía a Brighton y su padre el gran duque, tuvo miedo de que pudiera legalizar esa acta matrimonial y yo no podía desposarte hasta que él resolviera eso. Pero lo hice igual. Eso lo enfureció.

—Pero es tu primo, debes perdonarle. Solo quería hacer lo correcto. Soy tuya ahora y te amo, Stephen, y él es tu primo y habéis sido como hermanos. Deja de pensar tonterías de sufrir por celos, olvida el pasado, él quiere acercarse a ti. Te considera como su hermano y lo de la herencia fue pensando en mí, creo que todavía sigue sintiendo que es mi tutor.

Eso puso celoso a su marido.

—Pues ya no necesitas un tutor, tienes un esposo.

Entonces pensó en Calen Brighton, su miedo constante desde su boda y se preguntó si su esposo sabría que se había casado con una rica heredera.

Estaba a salvo de ese hombre y ya nadie podría acusarla de ser una bastarda pues era la esposa de un caballero del norte y lo principal era que lo amaba y que tenían toda la vida por delante. Toda una vida para amarse y ser felices.

Luego tendría tiempo de decidir qué hacer con la herencia, eso sería más complicado, pero ahora era feliz sabiendo que en unos meses nacería su bebé.

Deseaba que fuera un varón idéntico a su esposo, pero él prefería que fuera una niña igual a ella. Ambos se quedaban mucho tiempo abrazados soñando con la llegada de ese pequeñín y ya estaba lista la habitación de nursery con una cunita, mucha ropita, mantas y zapatitos para su llegada. Le gustaba ir a esa habitación y quedarse soñando cuando llegara el momento de que naciera su hijo.

Por primera vez en su vida tenía un hogar al que considera su casa, su hogar y también un esposo que la amaba y que seguía siendo tan atento y amable con ella y tan apasionado como el comienzo. Su sueño de una boda por amor y de tener un hombre que la amara por ser ella misma al fin se había cumplido.

About the Author

Autora de varias novelas del género romance paranormal y suspenso romántico ha publicado más de diez novelas teniendo gran aceptación entre el público de habla hispana, su estilo fluido, sus historias con un toque de suspenso ha cosechado muchos seguidores en España, México y Estados Unidos, siendo sus novelas más famosas El fantasma de Farnaise, Niebla en Warwick, y las de Regencia; Laberinto de Pasiones y La promesa del escocés, La esposa cautiva y las de corte paranormal; La maldición de Willows house y el novio fantasma. Su nueva saga paranormal llamada El sendero oscuro mezcla algunas leyendas de vampiros y está disponible en tapa blanda y en ebook habiendo cosechado muy buenas críticas. Entre sus novelas más vendidas se encuentra: La esposa cautiva, La promesa del escocés, Una boda escocesa, La heredera de Rouen y El heredero MacIntoch. Puedes seguir sus noticias en su blog; camilawinternovelas.blogspot.com.es y en su página de facebook.https://www.facebook.com/Camila-Winter-240583846023283